Un carcaj lleno de flechas

Jeffrey Archer

Un carcaj lleno de flechas

Traducción de Raúl García Campos

Saga

Un carcaj lleno de flechas
Traducido por
Raúl García Campos
Título original
A Quiver Full of Arrows
Copyright © 1980, 2022 Jeffrey Archer y SAGA Egmont
Todos los derechos reservados
ISBN: 9788726994698

1ª edición

Para Robin y Carolyn

NOTA DEL AUTOR

De estos doce relatos, once están basados en sucesos conocidos, si bien me he tomado multitud de licencias a fin de engalanar algunos de ellos. Solo uno ha brotado única y exclusivamente de mi imaginación.

En el caso de *Cien carreras*, la idea surgió a partir de tres partidos de críquet. Los fieles del *Wisden* tendrán que poner todo su empeño para identificarlos.

Para *El almuerzo* me inspiré en W. Somerset Maugham.

J. A.

ÍNDICE

LA ESTATUILLA CHINA

La estatuilla china fue el siguiente artículo en salir a subasta. El lote 103 levantó ese tipo de murmullos que siempre anteceden a la venta de una obra maestra. La ayudante del subastador alzó la delicada figura de marfil a fin de que la apretada concurrencia pudiera admirarla mientras aquel deslizaba la vista por la sala para localizar a los postores más serios. Examiné el catálogo y leí la detallada descripción de la pieza, así como lo que se conocía de su historia.

Había sido adquirida en Ha Li Chuan en 1871 y en Sotheby's le habían adjudicado el pintoresco calificativo de «propiedad de un caballero», el cual solía significar que algún miembro de la aristocracia se negaba a admitir que no le quedaba más remedio que vender las joyas de la familia. Me pregunté si sería ese el caso y decidí investigar un poco para averiguar cómo la estatuilla china había terminado en una sala de subastas aquella mañana de jueves más de cien años después.

—Lote número 103 —anunció el subastador—. ¿Cuánto ofrecen por esta magnífica muestra de...?

Sir Alexander Heathcote, además de un caballero, era un fiel amigo de la exactitud. Medía exactamente un metro y noventa centímetros, se levantaba a las siete en punto todos los días, se sentaba con su esposa para desayunar un huevo cocido tras haberlo calentado durante cuatro invariables minutos, además de dos tostadas con una cucharada de mermelada Cooper's y una taza de té chino. A continuación, justo a las ocho y veinte, tomaba un taxi frente a su puerta, en Cadogan Gardens, y llegaba con absoluta puntualidad al Ministerio de Exteriores a las ocho y cincuenta y nueve, para después volver a casa en el preciso momento en que daban las seis.

Sir Alexander había sido de números exactos desde muy temprana edad, como correspondía al hijo único de un general. No obstante, al contrario que su padre, había optado por servir a su reina desde el servicio diplomático, un oficio en el que debía observar una serie de hábitos no menos estrictos. Así, pasó de ocupar un escritorio compartido en el Ministerio de Exteriores de Whitehall a convertirse en el tercer secretario de Calcuta, el segundo de Viena, el primero de Roma, el embajador adjunto de Washington y, por último, a asentarse como ministro en Pekín. Fue un placer para él que el señor Gladstone lo invitara a representar al Gobierno en China, pues desde hacía mucho tiempo sentía por el arte de la dinastía Ming un interés que trascendía al del mero aficionado. Este nombramiento crucial en su distinguida carrera suponía para él algo que siempre había dado por imposible: la oportunidad de contemplar en su emplazamiento original las grandes estatuas, los cuadros y los dibujos que hasta entonces solo había podido admirar a través de los libros.

Cuando llegó a Pekín, tras un viaje por mar y por tierra junto con su acompañamiento que se prolongó casi dos meses, le presentó a la emperatriz Tzu-Hsi sus cartas credenciales, además de una misiva personal de la reina Victoria para que la leyera en privado. La soberana, vestida de blanco y oro de la cabeza a los pies, recibió al nuevo embajador en la sala del trono del palacio imperial. Leyó el mensaje de la monarca británica mientras sir Alexander permanecía en posición de firmes. Sin revelarle detalle alguno del escrito al nuevo ministro, su alteza imperial se limitó a desearle la mejor de las suertes para su mandato. A continuación, combó apenas las comisuras de los labios, gesto del que sir Alexander infirió acertadamente que la audiencia había terminado. Cuando se dirigía a la salida por entre las suntuosas cámaras del palacio imperial en compañía de un mandarín ataviado con los ropajes negros y dorados propios de la corte, sir Alexander caminaba tan despacio como le era posible, fijándose en la soberbia colección de estatuas de marfil y jade que jalonaban el edificio con total naturalidad, del mismo modo que hoy las obras de Cellini y de Miguel Ángel se levantan las unas frente a las otras en Florencia.

Dado que solo desempeñaría las funciones de ministro durante tres años, sir Alexander decidió aprovechar todo el tiempo libre que la Embajada pudiera concederle para visitar a caballo las regiones circundantes y aprender más cosas sobre el país y sus gentes. A tal efecto, siempre lo acompañaba un mandarín de la corte, quien hacía tanto de intérprete como de guía.

Durante uno de estos viajes, cuando recorría las enlodadas calles de Ha Li Chuan, conformada por un puñado de cabañas y ubicada a unos ochenta kilómetros de Pekín, sir Alexander llegó por casualidad al taller de un viejo artesano. Tras separarse de sus sirvientes, el ministro descabalgó y entró en el destartalado taller de madera para admirar las delicadas obras de marfil y jade que atestaban las estanterías de arriba abajo. Las piezas, pese a su estilo moderno, habían sido moldeadas con maestría por unas manos experimentadas, de tal modo que el ministro se adentró en la cabaña con la idea de adquirir un pequeño recuerdo de la visita. Una vez que llegó al fondo del taller, se vio incapaz de moverse, temeroso de tirar algo. El edificio no había sido concebido para visitantes de casi dos metros de estatura. Así, sir Alexander permaneció inmóvil, embelesado, deleitándose con el sutil aroma a jazmín que endulzaba el aire.

Un viejo artesano salió aprisa a recibirlo, vestido con una larga túnica azul de culi y un sombrero plano de color negro; una trenza azabachada se columpiaba sobre su espalda. Tras ejecutar una pronunciada reverencia, detuvo la mirada en el gigante de Inglaterra. El ministro le devolvió el gesto mientras el mandarín le explicaba quién era sir Alexander y le comunicaba su deseo de mirar las tallas. El anciano asintió antes de que el mandarín terminara de exponer su petición. Durante más de una hora el ministro se dedicó a suspirar y reír entre dientes mientras examinaba con admiración una pieza tras otra, hasta que al cabo se acercó al anciano para elogiar su destreza. El artesano volvió a inclinar el cuerpo, en su rostro una sonrisa tímida que, aunque desprovista de dientes, rebosaba agradecimiento por los cumplidos de sir Alexander. Con un dedo orientado hacia la trastienda, invitó a los dos notables visitantes a que lo siguieran. Y así hicieron, hasta que entraron en una estancia llena de tesoros, saturada de hermosos emperadores en miniatura y de figurillas clásicas. El ministro podría haber dedicado por lo menos una semana a maravillarse ante aquel festival de marfiles. Sir Alexander y el artesano entablaron una animada conversación por medio del intérprete, de forma que pronto salieron a colación la admiración que el ministro sentía por la dinastía Ming y sus conocimientos sobre la misma. Con el rostro iluminado ahora que tenía constancia de esto, el artesano menudo se volvió hacia el mandarín y le preguntó algo al oído. El mandarín asintió y tradujo.

—Excelencia, tengo aquí una figura Ming que quizá querría ver. Una estatua que ha pertenecido a mi familia desde hace más de siete generaciones.

—Sería un honor —respondió el ministro.

—El honor es mío, excelencia. —dijo el hombrecillo, que salió embalado por la puerta del fondo, casi tropezándose con un perro callejero, en dirección a una vieja choza que había no muy lejos de la parte de atrás del taller. El ministro y el mandarín permanecieron en la trastienda, pues sir Alexander sabía que al anciano jamás se le habría pasado por la cabeza llevar a un invitado notable a su humilde casa si antes no existía una amistad de muchos años entre ellos, y aun así tendría que haber sido invitado él primero a la casa de sir Alexander. Transcurrieron unos minutos hasta que el hombrecillo vestido de azul regresó a la carrera, columpiándosele la trenza de un hombro a otro. Traía ahora algo que, por el celo con que se lo apretaba contra el pecho, debía de tener un valor incalculable. El artesano le tendió la figura al ministro para que este la estudiara. Sir Alexander se quedó boquiabierto, incapaz de contener la emoción. La estatuilla, que no mediría más de quince centímetros, representaba al emperador Kung, y se trataba acaso de la mejor muestra de la dinastía Ming que el ministro había visto. Sir Alexander estaba seguro de que la pieza había tomado forma entre las manos del insigne Pen Q, quien había gozado del respaldo del emperador, por lo que debía de datar de finales del siglo xv. La única imperfección consistía en que faltaba la peana de marfil en la que solían apoyarse las figuras de este tipo, de manera que ahora asomaba un palito de los bajos de las túnicas imperiales. No obstante, a ojos de sir Alexander, nada podía mancillar la belleza de la obra. Aunque el artesano no movió los labios, los ojos le brillaban avivados por el gozo que su invitado irradiaba mientras escrutaba el emperador de marfil.

—¿Le parece una buena estatuilla? —le preguntó el artesano con la ayuda del intérprete.

—Es magnífica —asintió el ministro—. Indiscutiblemente magnífica.

—Mis obras no valen nada a su lado —añadió el artesano con humildad.

—En absoluto, en absoluto —opuso el ministro, aunque el anciano sabía que el gran hombre solo pretendía ser amable, pues sir

Alexander sostenía la estatuilla de marfil de un modo que evidenciaba el mismo aprecio que el artesano sentía por la figura.

El ministro le sonrió cuando volvió a ponerle en las manos el emperador Kung, tras lo que masculló el que quizá fuese el único comentario poco diplomático que había hecho en los treinta y cinco años que llevaba sirviendo a su reina y su país:

—Ojalá fuese mía.

Sir Alexander se arrepintió de haberle dado voz a sus pensamientos en cuanto oyó al mandarín traducirlos, pues conocía muy bien la antigua tradición china según la cual, si un invitado importante solicitaba algo, el anfitrión se convertiría en alguien muy reputado entre sus iguales al desprenderse de ello.

Una mirada alicaída se asomó a los ojos del viejo artesano cuando este le cedió la pequeña escultura al ministro.

—No, no. No hablaba en serio —rehusó sir Alexander, que a su vez intentó devolverle la pieza a su propietario.

—Sería una deshonra para mi humilde casa que no aceptara el emperador, excelencia —insistió el anciano con creciente nerviosismo, a lo que el mandarín asintió gravemente.

El ministro guardó silencio por un momento.

—Soy yo quien ha deshonrado a su propia casa, señor —repuso con la mirada puesta en el mandarín, que conservaba una expresión inescrutable.

El artesano menudo hizo otra reverencia.

—Tendré que acoplarle una peana a la figura —dijo—, o de lo contrario no podrá colocarla en ninguna parte.

Se acercó a otro rincón de la estancia y abrió un arca de madera que debía de contener centenares de peanas para las estatuillas. Tras rebuscar en el interior por unos instantes, se decantó por una basa decorada con una serie de minúsculos símbolos negros en la que el ministro no se fijó demasiado y que, sin embargo, encababa a la perfección. El anciano le aseguró a sir

Alexander que, aunque no conocía la historia del apoyo, este llevaba la marca de un buen artesano.

Avergonzado, el ministro aceptó el presente e intentó darle las gracias al anciano como buenamente pudo. El artesano volvió a ejecutar una reverencia pronunciada mientras sir Alexander y el inexpresivo mandarín salían del estrecho taller.

Cuando el grupo emprendió el regreso a Pekín, el mandarín se apercibió de lo desolado que se sentía el ministro y, aunque en absoluto lo tenía por costumbre, decidió hablar primero.

—Sin duda, su excelencia está al tanto —comenzó— de esa antigua costumbre china conforme a la cual cuando un desconocido ha sido generoso con uno, se le debe recompensar por su amabilidad antes de que pase un año.

Sir Alexander le sonrió en señal de agradecimiento y se quedó pensando en lo que acababa de decirle. Una vez que hubo regresado a su residencia oficial, se encaminó de inmediato hacia la nutrida biblioteca de la embajada para comprobar si alguno de los libros le permitía hacerse una idea del verdadero valor de la obra maestra. Tras mucho investigar, dio con un dibujo de una estatuilla Ming que era prácticamente igual que la que ahora tenía él, y con la ayuda del mandarín logró confirmar su verdadero coste: un número que equivalía a casi tres años de honorarios para un siervo de la Corona. El ministro discutió la cuestión con lady Heathcote, quien aconsejó a su marido con toda claridad sobre cómo debía proceder.

A la semana siguiente, el ministro hizo llegar una carta por medio de un mensajero privado a su banco, Coutts& Co., sito en el Strand londinense, para requerir que se le enviara una buena porción de sus ahorros a Pekín con toda la prontitud posible. Cuando al cabo de nueve semanas recibió los fondos, el ministro volvió a recurrir al mandarín, que escuchó sus preguntas y, siete días más tarde, pudo resolverle las dudas que le había expuesto.

El intérprete había descubierto que el artesano menudo, Yung Lee, pertenecía al antiguo y respetable linaje de Yung Shau, cuyos miembros llevaban consagrados a la artesanía los últimos quinientos años. Sir Alexander supo también que muchos de los ancestros de Yung Lee habían llegado a ver sus obras acogidas en los palacios de los príncipes manchúes. Yung Lee comenzaba a acusar el peso de los años y deseaba retirarse a las colinas que se elevaban sobre la aldea, donde habían fallecido todos sus antepasados. Su hijo estaba listo para hacerse cargo del taller y continuar con la tradición familiar. El ministro le dio las gracias al mandarín por su diligencia, aunque aún necesitaba formularle una última petición. El intérprete escuchó compadecido al embajador de Inglaterra y acto seguido regresó a palacio en busca de consejo.

Al cabo de unos días, la emperatriz autorizó la solicitud de sir Alexander.

Cuando faltaban escasos días para que transcurriera un año, el ministro, acompañado del mandarín, volvió a partir de Pekín hacia la aldea de Ha Li Chuan. Nada más llegar, sir Alexander bajó de su montura y entró en el taller que tan bien recordaba, donde encontró al anciano sentado ante su banco de trabajo, con el sombrero plano un tanto descolocado y un fragmento de marfil a medio labrar acunado amorosamente entre los dedos. Apartó la vista de la pieza y se acercó al ministro con paso indeciso, ya que no reconoció al gigantesco forastero hasta que no lo tuvo al alcance de la mano. Y, entonces sí, encorvó el cuerpo. El ministro habló por medio del mandarín.

—He regresado, señor, cuando aún no ha transcurrido un año, para saldar mi deuda.

—No había ninguna necesidad, excelencia. Es un honor para mi familia que ahora la estatuilla decore una gran embajada, y que acaso algún día pueda ser admirada en su tierra.

El ministro, al que no se le ocurría ninguna respuesta adecuada, se limitó a pedirle al anciano que lo acompañara a dar un paseo.

El artesano aceptó sin titubeos, y así los tres hombres salieron a lomos de sendos burros en dirección norte. Cabalgaron durante más de dos horas por una senda angosta y sinuosa que ascendía entre las colinas que abrigaban el taller del anciano, y cuando al cabo llegaron a la aldea de Ma Tien, salió a su encuentro otro mandarín, que se inclinó ante el ministro antes de pedirles a este y al artesano que continuaran el viaje a pie con él. Caminaron en silencio hasta la linde del pueblo y no se detuvieron hasta que llegaron a una depresión de la colina, donde las magníficas vistas del valle se extendían hasta Ha Li Chuan. En la hondonada se levantaba una casita blanca recién construida y de proporciones perfectas. Dos leones de piedra, con la lengua colgando entre los belfos, protegían la entrada principal. El artesano menudo, que no había dicho palabra desde que salieran del taller, se quedó perplejo al comprender la finalidad del paseo, y entonces el ministro se dirigió a él:

—Un pequeño y sin duda inadecuado obsequio, con la vana esperanza de pagarle con igual generosidad.

El artesano se postró de rodillas y suplicó perdón ante el mandarín, pues sabía que los artesanos tenían prohibido aceptar los regalos de los forasteros. El mandarín ayudó a levantarse al asustado hombrecillo vestido de azul y le explicó que la mismísima emperatriz había autorizado la solicitud del ministro. Una sonrisa de júbilo invadió el rostro del anciano, que se acercó despacio a la entrada de la preciosa casita, incapaz de resistirse a acariciar los leones tallados. Así, los tres viajeros dedicaron un buen rato a admirar la morada antes de emprender un silencioso y feliz regreso al taller de Ha Li Chuan. Allí se separaron, restaurado el honor de ambos, y al anochecer sir Alexander volvió contento a la embajada, satisfecho por haber actuado con la aprobación del mandarín y de lady Heathcote.

El ministro finalizó su periodo de servicio en Pekín, la emperatriz le concedió la Estrella de Plata china y una agradecida reina añadió la cruz de Caballero Comendador de la Real Orden Victoriana a su ya larga lista de condecoraciones. Después de dedicar unas semanas a despachar los últimos expedientes de China en el Ministerio de Exteriores, sir Alexander se retiró a su Yorkshire natal, el único condado inglés cuyos habitantes vivían con la esperanza de morir allí donde nacieron, una tradición muy semejante a la de los chinos.

Pasó sus últimos años en la casa de su difunto padre junto con su esposa y el pequeño emperador Ming. La estatuilla ocupaba el centro de la repisa de la chimenea que calentaba el salón, donde todos podían contemplarla.

Como cabía esperar de un fiel amigo de la exactitud, sir Alexander redactó un extenso y detallado testamento en el que daba instrucciones precisas acerca de cómo repartir la herencia que dejase, entre las que también se incluía lo que se habría de hacer con la estatuilla tras su fallecimiento. De esta manera, le legó el emperador Kung a su primogénito, con la condición de que este hiciera lo mismo, a fin de que la figura pasara siempre al primer hijo varón, o a una hija de no ser esto posible. Asimismo, estableció la norma de que ningún descendiente habría de desprenderse de la pequeña escultura, a menos que el honor de la familia estuviera en juego. Sir Alexander Heathcote feneció justo en la medianoche de su septuagésimo cumpleaños.

Su primogénito, el comandante James Heathcote, se encontraba sirviendo a su reina en la guerra de los bóeres cuando heredó el emperador Ming. El comandante tenía a su cargo el regimiento del duque de Wellington y, si bien el mundo de la cultura no despertaba su interés, incluso él supo ver que aquella joya de la familia no era un adorno cualquiera; por tanto, decidió dejar la estatuilla del emperador expuesta en el comedor militar de Halifax, con la intención de que también los demás oficiales disfrutaran de ella.

Cuando James Heathcote fue nombrado coronel de los duques, el emperador gobernaba orgulloso la vitrina junto con los trofeos ganados en Waterloo, en el Sebastopol de Crimea y en Madrid. Y allí se quedó la estatuilla Ming, hasta que el coronel se retiró a la casa que su padre tenía en Yorkshire, donde de nuevo el emperador pasó a hacer suya la repisa de la chimenea del salón. El coronel no tenía la menor intención de desobedecer a su progenitor, ni siquiera tras el fallecimiento de este, por lo que en sus instrucciones dejó claro que la joya de la familia debería legársele siempre al Heathcote primogénito, a menos que el honor de la familia se viera amenazado. El coronel James Heathcote, condecorado con la Cruz Militar, no murió en combate; sencillamente, una noche se quedó dormido junto a la lumbre, el *Yorkshire Post* aplanado en el regazo.

El primogénito del coronel, el reverendo Alexander Heathcote, presidía entonces la pequeña parroquia de Much Hadham, en Hertfordshire. Tras enterrar a su padre con honores militares, colocó el pequeño emperador Ming en la repisa de la casa parroquial. Algunos miembros de la Mothers' Union se fijaron en la obra maestra, y hubo una o dos mujeres que incluso llegaron a comentar la delicadeza de sus formas. Pero hasta que el reverendo no fue ascendido a reverendísimo, con la subsiguiente llegada de la estatuilla al palacio obispal, el emperador no empezó a granjearse la admiración que merecía. Muchos de los que visitaban la residencia y escuchaban la historia de cómo el abuelo del obispo se hizo con la estatuilla Ming se quedaban descolocados ante lo mal que casaban la magnificente talla y la peana en la que se apoyaba. Era una historia que siempre triunfaba al final de la velada.

Dios se llevaba incluso a sus propios embajadores, pero aquella vez quiso aguardar a que el obispo Heathcote hubiera firmado un testamento en el que le dejaba la estatuilla a su hijo, pues este había decidido respetar las instrucciones exactas de su abuelo. El hijo del obispo, el capitán James Heathcote, era un oficial en activo del regimiento de su abuelo, circunstancia que llevó a la estatua Ming de regreso a la vitrina del comedor de Halifax. Durante la ausencia del emperador, el regimiento había añadido al expositor los trofeos obtenidos en Ypres, en el Marne y en Verdún. La tropa se encontraba de nuevo combatiendo contra Alemania, y puesto que el joven capitán James Heathcote fue abatido en las playas de Dunkerque, falleció intestado. Prevalecieron entonces la legislación inglesa, la voluntad de su bisabuelo, que todos conocían, y el sentido común, de tal forma que el pequeño emperador se convirtió en propiedad del hijo del capitán, de tan solo dos años.

Alex Heathcote, por desgracia, carecía del arrojo de sus esforzados ancestros, con lo que no sentía el menor deseo de servir a nadie más que así mismo. Dado que el capitán James había perecido de una forma tan trágica, la madre de Alexander comenzó a colmarlo de todos los caprichos que sus exiguos ingresos le permitían. No le sirvió de mucho, y no fue del todo culpa del joven Alex que terminara convirtiéndose, según decía su propia abuela, en un mocoso malcriado.

Cuando Alex dejó la escuela, poco antes de que acabaran expulsándolo, comprobó que era incapaz de conservar un empleo más allá de dos o tres semanas. Siempre consideraba imprescindible gastar un poco más de lo que tanto él como, en última instancia, su madre, podían permitirse. La pobre mujer, que ya no soportaba más esta vida, decidió dejarla atrás y unirse a los otros Heathcote, pero no en Yorkshire, sino en los cielos.

Llegados los revolucionarios años 60, cuando abrieron los casinos en Gran Bretaña, el joven Alex se convenció de que había descubierto cómo ganarse la vida sin tener que trabajar. Ideó un sistema para jugar a la ruleta con el que era imposible perder. Sin embargo, sí que perdió, así que perfeccionó el sistema, pero no tardó en perder aún más; y aunque incorporó algunas mejoras en su técnica, acabó teniendo que pedir prestado para cubrir las pérdidas. ¿Por qué no? En el peor de los casos, se decía a sí mismo, siempre podía empeñar el pequeño emperador Ming.

Y, en efecto, un día se vio en el peor de los casos, puesto que cada vez que pulía el sistema, sus deudas aumentaban un poco más, hasta que los casinos empezaron a presionarlo para que les pagase. Cuando al cabo, un lunes por la mañana, Alex recibió la inesperada llamada de dos caballeros que parecían determinados a recuperar las ocho mil libras que les debía a sus empleadores, y quienes dejaron caer que le propinarían una paliza si la cuestión no se resolvía antes de transcurridas dos semanas, Alex se vino abajo. A fin de cuentas, el testamento de su tatarabuelo lo indicaba con toda claridad: la estatuilla Ming se habría de vender si el honor de la familia peligraba.

Alex cogió el pequeño emperador de la repisa de la chimenea del apartamento que ocupaba en Cadogan Gardens y examinó sus delicados contornos, porque al menos tuvo la elegancia de sentir un asomo de tristeza al desprenderse de la joya de la familia. A continuación, condujo hasta Bond Street y allí entregó la obra maestra en Sotheby's, donde dio instrucciones para que subastaran el emperador.

El director del departamento oriental, un hombre pálido y enjuto, se presentó en el mostrador de recepción para examinar la pieza con Alex, y podría decirse que su ademán no difería demasiado de la estatuilla Ming que con tanto cariño sostenía entre las manos.

—Nos llevará unos días calcular el verdadero valor de la pieza —murmuró—, pero a simple vista estoy seguro de que esta estatuilla es una de las mejores muestras del arte de Pen Q que se hayan subastado nunca en esta casa.

—Me parece bien —aceptó Alex—, siempre que puedan decirme lo que cuesta antes de catorce días.

—Ah, descuide —respondió el experto—. Para el viernes podré darle el precio de salida.

—Perfecto —convino Alex.

A lo largo de la semana se puso en contacto con todos sus acreedores, quienes, sin excepción, se mostraron dispuestos a esperar hasta conocer la tasación del experto. Llegado el viernes, Alex regresó puntualmente a Bond Street con una sonrisa de oreja a oreja. Sabía cuánto había pagado su tatarabuelo por la pequeña escultura, y no le cabía ninguna duda de que ahora debía de valer más de diez mil libras. Una suma que no solo le permitiría saldar todas sus deudas, sino que además le dejaría un poco para probar su nueva y perfeccionadísima técnica en la ruleta. Mientras subía la escalera de Sotheby's, le dio las gracias mudamente a su tatarabuelo. Le preguntó a la recepcionista si podía hablar con el director del departamento oriental. La chica descolgó el teléfono de la línea interna y, momentos después, el experto salió a la recepción con semblante plomizo. A Alex se le cayó el alma a los pies cuando escuchó su respuesta.

—Su emperador es una pieza increíble pero, por desgracia, se trata de una falsificación. Tendrá unos doscientos o doscientos cincuenta años de antigüedad, pero me temo que no es más que una copia del original. A menudo se tallaban copias porque…

—¿Cuánto vale? —lo interrumpió un ansioso Alex.

—Setecientas libras, ochocientas como máximo.

«Bastante para comprar una pistola y un puñado de balas», pensó Alex con ironía cuando giró sobre los talones para marcharse.

—Me preguntaba, señor… —prosiguió el experto.

—Sí, sí, venda ese maldito cachivache—dijo Alex sin molestarse en volver la cabeza.

—¿Y qué desea que haga con la peana?

—¿La peana? —repitió Alex, que se giró para mirar al orientalista.

—Sí, la peana. Es una pieza excelente, del siglo xv, sin duda la obra de un genio, y no entiendo cómo…

—Lote número 103 —anunció el subastador—. ¿Cuánto ofrecen por esta soberbia muestra de…?

Las impresiones del experto resultaron ser acertadas. Durante la subasta que aquella mañana de jueves se celebró en Sotheby's me hice con el pequeño emperador por setecientas veinte libras. ¿Y la peana? Fue a parar a manos de un caballero americano de célebre ascendencia por veintidós mil libras.

EL ALMUERZO

La mujer me saludó con la mano desde el fondo del atestado salón del neoyorquino hotel Saint Regis. Le devolví el gesto pero, aunque su cara me sonaba, no terminé de reconocerla. Se escurrió entre los camareros y los invitados y llegó hasta mí cuando yo aún no había tenido ocasión de preguntarle a nadie quién era. Rebusqué en ese rincón del cerebro donde se guardan los nombres, pero no hallé respuesta alguna. Enseguida comprendí que habría de recurrir al viejo truco de hacer sutiles indagaciones para que ella misma me refrescara la memoria.

—¿Cómo está, querido? —exclamó a la vez que me envolvía entre sus brazos, lo cual no me ayudó, ya que estábamos en un cóctel del Gremio Literario, un tipo de celebración en el que cualquiera puede darte un abrazo, incluidos los directores del club del Libro del mes. Su acento me reveló de inmediato que era norteamericana y, por su aspecto, debía de faltarle poco para cumplir cuarenta años, aunque, gracias a las maravillas de las técnicas de maquillaje modernas, quizá incluso los hubiera cumplido ya. Lucía un largo vestido blanco de cóctel y llevaba el cabello rubio recogido en uno de esos moños que parecen una hogaza de pan casero. En su conjunto, recordaba a una reina de ajedrez. Además, la hogaza no me ayudaba porque cabía la posibilidad de que una catarata de cabello moreno fluyera sobre sus hombros la última vez que nos vimos. Ojalá las mujeres tomaran conciencia de que cuando cambian de peinado a menudo consiguen precisamente lo que pretenden: ofrecer una imagen completamente distinta a ojos de los varones desprevenidos.

—Muy bien, gracias —le dije a la reina blanca—. ¿Y usted? —inquirí a modo de gambito inicial.

—No me puedo quejar, querido —contestó al tiempo que le robaba una copa de champán a un camarero que pasaba cerca de nosotros.

—¿Y la familia? —indagué, sin saber a ciencia cierta que la tuviera.

—Están todos bien —respondió. Tampoco este dato me resolvió nada—. ¿Y cómo se encuentra Louise? —prosiguió.

—Como una rosa —dije. De modo que conocía a mi mujer. «Aunque no necesariamente», pensé. Las norteamericanas son expertas en el arte de recordar el nombre de las esposas. No les queda otra porque en Nueva York cambia con tanta frecuencia que determinarlo supone un reto mayor que el crucigrama de *The Times*.

—¿Ha visitado Londres últimamente? —voceé para imponerme a la algarabía. Una pregunta arriesgada, ya que quizá la mujer nunca hubiera pisado Europa.

—Solo una vez desde que almorzamos. —Me miró extrañada—. No se acuerda de mí, ¿verdad? —dedujo mientras masticaba un canapé de salchicha.

Sonreí.

—Qué disparate, Susan —dije—. ¿Cómo iba a olvidarme de usted? Ahora fue ella quien sonrió.

Confieso que recordé el nombre de la reina blanca en el último segundo. Aunque seguía sin tener más que un recuerdo vago de ella, lo que desde luego nunca borraría de mi memoria sería aquel almuerzo.

Se acababa de publicar mi primer libro, y a ambos lados del Atlántico los críticos habían sido muy generosos conmigo, mucho más desde luego que los cheques de mis editores. Mi agente no paraba de repetirme que debería dejar de escribir si lo que quería era ganar dinero. Esto suponía un dilema para mí, pues no tenía ni idea de cómo ganar dinero si no era escribiendo.

Fue más o menos entonces cuando la mujer, la cual ahora estaba ante mí y parloteaba sin reparar en mi mudez, me llamó por teléfono desde Nueva York para obsequiarme con una plétora de floridos elogios por mi novela. Un escritor siempre agradece recibir ese tipo de llamadas, aunque debo admitir que quizá no sintiera el mismo entusiasmo cuando una niña de once años me llamó a cobro revertido desde California para informarme de que había encontrado una falta de ortografía en la página cuarenta y siete, para después hacerme saber que volvería a llamarme si se topaba con otra. Sin embargo, en el caso de esta mujer, podría haberles puesto fin a sus transatlánticas alabanzas con un sencillo adiós si no hubiera mencionado su apellido. Era uno de esos apellidos que, aunque fuera de improviso, siempre servían para reservar una mesa en un restaurante de moda o un asiento en la ópera, algo que para los simples mortales como yo habría sido imposible aun con un mes de antelación. En realidad, era el apellido de su esposo el que gozaba de tal reputación, pues se trataba de uno de los productores de cine más distinguidos del mundo.

—Cuando vuelva a viajar a Londres, tiene que almorzar conmigo —dijo la voz chisporroteante que salía por el auricular.

—De eso nada —rehusé cortésmente—. Usted es quien tiene que almorzar conmigo.

—¡Qué encantadores son siempre los ingleses! —gorjeó ella.

A menudo me he preguntado cuántas veces no se llevarán un chasco las mujeres norteamericanas cuando le dicen algo así a un inglés. En cualquier caso, no todos los días lo llama a uno la esposa de un productor oscarizado.

—Le prometo que me pondré en contacto con usted cuando vuelva a Londres —dijo.

Y, en efecto, así hizo, ya que casi seis meses más tarde volvió a telefonear, esta vez desde el hotel Connaught, para hacerme saber lo mucho que deseaba que nos encontráramos.

—¿Dónde le gustaría almorzar? —le pregunté, sin caer en la cuenta hasta que ya era demasiado tarde, cuando propuso uno de los restaurantes más exclusivos de la ciudad, de que tendría que haber sido yo quien eligiera el local. Agradecí que la mujer no pudiera ver mi semblante abatido cuando añadió con desvergonzada naturalidad:

—El lunes, a la una en punto. Yo me encargo de reservar mesa, ya me conocen.

Llegado el día en cuestión, me puse el único traje presentable que tenía, una camisa nueva que venía guardando para una ocasión especial desde Navidad y la única corbata que no parecía haber usado primero a modo de cinturón. Seguidamente, me dirigí al banco y solicité un extracto de mi cuenta. El cajero me tendió una alargada hoja de papel que se antojaba excesiva para la cantidad reflejada. Estudié los números como quien se enfrenta a una decisión financiera determinante. El balance indicaba, en color negro, que mi saldo ascendía a treinta y siete libras con sesenta y tres peniques. Extendí un cheque por valor de treinta y siete libras. A mi juicio, un caballero ha de procurar que sus cuentas sean siempre acreedoras, y me atrevería a decir que el director del banco compartiría mi postura. A continuación, me encaminé hacia Mayfair, donde se ubicaba el establecimiento convenido.

Cuando entré en el restaurante, vi que había demasiados camareros y sillas tapizadas para mi gusto. Aunque no fueran comestibles, siempre las incluían en la cuenta. Sentada a una mesa para dos en una esquina había una mujer que, aunque no pudiera pasar por joven, irradiaba elegancia. Vestía una blusa de crepé de China azul pálido y llevaba el cabello rubio recogido en un peinado que, pese a que me recordara a los años de la guerra, había vuelto a ponerse de moda. No cabía duda de que se trataba de mi admiradora transatlántica, y de hecho al verme me saludó como si nos conociéramos de toda la vida, como volvería a hacer en el cóctel del Gremio Literario años más tarde. Aunque tenía una bebida ante ella, yo no pedí aperitivo alguno, al respecto de lo cual aduje que nunca bebía antes de almorzar, si bien con mucho gusto habría añadido: «pero en cuanto su marido lleve mi novela a la gran pantalla, me saltaré esa costumbre».

La mujer no tardó en empezar a compartir conmigo los últimos rumores que corrían por Hollywood, pero más que diciendo nombres, recitándolos, mientras yo engullía una tras otra las patatas fritas del cuenco que tenía delante. Minutos después un camarero apareció junto a la mesa y nos tendió dos voluminosas cartas forradas en cuero, una encuadernación que superaba en clase a la de mi novela. El restaurante hedía a gastos superfluos. Abrí la carta y leí con espanto la primera sección; no habría tenido el menor reparo en abandonar de inmediato aquella lectura. Jamás habría imaginado que el coste de los alimentos que se adquirían en Covent Garden por la mañana se multiplicara tanto cuando los transportaban a Mayfair. Yo podría haberla invitado a degustar los mismos platos por un precio cuatro veces inferior en mi taberna predilecta, de la que nos separaban apenas cien metros, y para colmo de males, vi que era uno de esos restaurantes donde el menú de invitado no incluía los precios. Me centré en la interminable lista de platos franceses, lo cual solo me sirvió para recordar que hacía más de un mes que no comía medianamente bien, circunstancia que se prolongaría durante al menos un día más. Me vino a la memoria el saldo de mi cuenta bancaria y no sin cierto fastidio supuse que habría de esperar a que mi agente vendiera los derechos de mi novela en Islandia para volver a disfrutar de una comida decente.

—¿A usted qué le apetece? —le pregunté cortésmente a la mujer.

—Para mí lo mejor es un plato ligero —dijo. Al oírla, di un suspiro de alivio que resultó ser prematuro, pues enseguida caí en la cuenta de que «ligero» no tiene por qué equivaler a «barato».

La mujer sonrió con dulzura al camarero, quien no parecía ser de los que pasaban dificultades para poner un plato en su propia mesa, y pidió una rodaja de salmón ahumado, que acompañaría de dos tiernas chuletas pequeñas de cordero. Pero entonces titubeó, aunque solo por un instante, antes de añadir:

—Y una ensalada de acompañamiento.

Ojeé la carta con cierta cautela, deslizando el dedo por la columna de los precios en lugar de por la de los platos.

—Yo también prefiero los almuerzos moderados —mentí—. Con la ensalada de la casa tengo más que suficiente. —Aunque a todas luces ofendido, el camarero se retiró sin poner objeción alguna.

La mujer me habló de Coppola y de Preminger, de Al Pacino y de Robert Redford, y de Greta Garbo, como si la viera todos los días. Después tuvo la delicadeza de interrumpirse por un momento y preguntarme en qué estaba trabajando yo ahora. Me vi en la tentación de responderle que en cómo iba a explicarle a mi esposa que solo me quedaban sesenta y tres peniques en la cuenta; no obstante, opté por limitarme a exponerle algunas de las ideas que tenía para una futura novela. Esto pareció impresionarla, aunque seguía sin mencionar a su marido para nada. ¿Debería sacar yo el tema? No. No quería que se sintiera presionada, ni que sospechara que andaba mal de dinero.

Al cabo, llegaron los platos o, mejor dicho, su salmón ahumado, momento en que guardé silencio y me dediqué a verla comerse los restos de mi saldo mientras yo mordisqueaba un panecillo. Cuando levanté la mirada, vi al sumiller detenido junto a mí.

—¿Le apetece un vino? —propuse sin pensar.

—No, creo que no —declinó ella. Sonreí acaso con excesiva prontitud—. Bueno, tal vez si pudiera ser blanco y seco.

El sumiller nos entregó una segunda carta forrada en cuero, esta con unas uvas blancas grabadas en la cubierta. Hojeé las páginas por si tenían botellines, mientras le explicaba a mi convidada que nunca bebía durante el almuerzo. Elegí la propuesta más económica. El sumiller regresó presto con un voluminoso cubo de plata lleno de hielo en el que el botellín parecía estar ahogándose, situación con la que no pude sentirme más identificado. Un aprendiz de camarero retiró el plato vacío mientras otro acercaba un enorme carrito a nuestra mesa y servía las chuletas de cordero y la ensalada de la casa. Al mismo tiempo, un tercer camarero trajo una exquisita ensalada de acompañamiento para ella, que resultó ocupar más espacio que todo lo que había pedido yo. No me pareció de buena educación proponerle que intercambiásemos las viandas.

A decir verdad, la ensalada de la casa estaba deliciosa, aunque confieso que me costó apreciarla como merecía mientras buscaba una excusa que resultara convincente si la cuenta terminaba rebasando las treinta y siete libras.

—Ha sido una tontería por mi parte pedir vino blanco para el cordero —lamentó la mujer, que casi había vaciado el botellín. Sin llamar antes al sumiller para que trajera de nuevo la carta de vinos, pedí un botellín del tinto de la casa.

Una vez que apuró el blanco, se puso a hablar de teatro, de música y de otros escritores. Daba la impresión de que conociera a todos los que estaban vivos, aunque de los ya fallecidos no había leído a ninguno. Creo que incluso podría haber disfrutado con la función de no haber sido por lo mucho que temía no poder permitirme que bajase el telón. Cuando el camarero se llevó los platos vacíos, le pregunté a mi convidada si le gustaría tomar algo más.

—No, gracias —dijo la mujer, a lo que estuve a punto de romper a aplaudir—. A menos que tengan una de sus famosas sorpresas de manzana.

—Temo que hayamos servido la última, señora, pero iré a comprobarlo.

«Tampoco hace falta que se dé prisa», quise decirle, pero en vez de eso, me limité a sonreír mientras la soga se cerraba sobre mi cuello. Momentos después, el camarero regresó triunfante, serpenteando entre las mesas con la sorpresa de manzana en la mano, por encima de su cabeza. Le recé a Newton para que la fruta obedeciera su ley, pero no me escuchó.

—La última, señora.

—Uf, qué suerte —celebró ella.

—Uf, qué suerte —repetí yo, sin atreverme a coger la carta y consultar el precio. Pasé ahora a realizar un cálculo mental, pues me imaginaba que me encontraba al límite.

—¿Algo más, señora? —inquirió el obsequioso camarero.

Respiré hondo.

—Solo café —dijo la mujer.

—¿Y para usted, caballero?

—No, no, para mí no. —El camarero se retiró. No se me ocurría un pretexto con el que justificar que no me apeteciera un sencillo café.

Llegados a este punto, la mujer sacó del enorme bolso de Gucci que tenía a su lado un ejemplar de mi novela, que le firmé con ademán señorial, aferrado a la esperanza de que el jefe de los camareros me viera y pensase que yo era de ese tipo de hombres a los que se les podía permitir que rubricaran la cuenta en lugar de abonarla al momento; sin embargo, el hombre permaneció impasible al fondo del salón mientras yo escribía en el libro Un encuentro inolvidable y añadía mi autógrafo.

Mientras la agradable señora degustaba el café, yo cogí otro panecillo y pedí la cuenta, no porque tuviera prisa sino porque, al igual que un reo al que consideraran culpable, prefería que el juez dictara sentencia cuanto antes. Un hombre ataviado con un elegante uniforme verde, al que no había visto hasta ahora, se acercó con una bandejita de plata en la que traía una hoja de papel doblada que me recordó a la de mi extracto bancario. Poco a poco desplegué el papel y localicé el número: treinta y seis libras con cuarenta peniques. Con suma naturalidad, deslicé la mano hasta el bolsillo interior, extraje los ahorros de toda una vida y coloqué los impecables billetes nuevos en la bandeja de plata. Se los llevaron en el acto. El hombre del uniforme verde volvió instantes después con los sesenta peniques del cambio, que hube de guardarme, dado que los necesitaba para regresar en autobús a casa. El camarero me lanzó una mirada con la que sin duda se habría ganado un papel de antagonista en alguna de las películas que producía el eminente marido de la señora.

Mi convidada se levantó y cruzó el salón, saludando con la mano y, en ocasiones, incluso besando a distintas personas que hasta entonces yo solo había visto en el papel cuché. Cuando llegó a la salida, se detuvo para recoger su abrigo de visón. La ayudé a envolverse en las pieles y, de nuevo, preferí no dejar propina. Apenas hubimos salido a la acera de Curzon Street, un Rolls-Royce azul marino aparcó junto a nosotros, y al momento siguiente un chófer uniformado desmontó aprisa para abrir la puerta de atrás. La mujer subió al vehículo.

—Adiós, querido —se despidió mientras la ventanilla eléctrica bajaba—. Gracias por este almuerzo tan ameno.

—Adiós —dije, antes de armarme de valor y añadir—: Espero que cuando vuelva a la ciudad, tenga ocasión de conocer a su ilustre marido.

—Ah, querido, ¿no lo sabía? —dijo mientras asomaba la cabeza por la ventanilla del Rolls-Royce.

—¿El qué?

—Hace una eternidad que nos divorciamos.

—¿Se divorciaron? —exclamé extrañado.

—Sí —confirmó ella con despreocupación—. Hace años que no nos vemos.

Me quedé mirándola, estupefacto.

—Ah, no se preocupe por mí —dijo—. No pasa nada. Además, hace poco he vuelto a casarme. —«Con otro productor de cine», supliqué—. De hecho, confiaba en haber podido ver hoy a mi marido. Es el dueño del restaurante, ¿sabe?

Sin más, la ventanilla se deslizó hacia arriba y el Rolls-Royce se perdió de vista suavemente. Me dirigí entonces hacia la parada de autobús más cercana.

Ahora, rodeado de los invitados del Gremio Literario, la mirada puesta en la reina blanca tocada con su hogaza de pan casero, aún podía verla alejándose en aquel Rolls-Royce azul. Procuré centrarme en el momento presente.

—Sabía que no me olvidaría, querido —estaba diciéndome—. Al fin y al cabo, lo llevé a almorzar, ¿no?

EL GOLPE DE ESTADO

El reactor 707 azul y plateado, que lucía una enorme «P» en la cola, rodó despacio por la pista hasta que se detuvo en el límite norte del Aeropuerto Internacional de Lagos. Un convoy de seis Mercedes negros estacionó junto a la aeronave y allí aguardó, los coches distribuidos en fila, como un gran cocodrilo que sestease en tierra. Los seis chóferes, uniformados y empapados en sudor, desmontaron y adoptaron la posición de firmes. Cuando el conductor del primer vehículo abrió la portezuela trasera, el coronel Usman de la Guardia Federal se apeó y se dirigió raudo al pie de las escaleras del pasaje, colocadas a toda prisa por cuatro operarios del aeropuerto.

Cuando la puerta de la sección delantera se deslizó hacia atrás, el coronel detuvo la mirada en el hueco y vio, recortada contra la oscuridad del interior de la cabina, a una esbelta y atractiva azafata ataviada con un uniforme azul de ribetes plateados. En la solapa de la chaqueta figuraba de nuevo una «P» bien visible. La mujer se giró y afirmó con la cabeza hacia la cabina. Apenas unos segundos después, un hombre alto y vestido de forma impecable, de denso cabello moreno y ojos castaño oscuro, ocupó el lugar de la azafata. Se manejaba con un ademán desenvuelto por el que no pocos millonarios hechos a sí mismos habrían dado buena parte de su caudal. El coronel realizó un saludo militar cuando el *senhor* Eduardo Francisco de Silveira, presidente del imperio de Prentino, asintió con brusquedad.

De Silveira dejó atrás el frescor del aire acondicionado del 707 para entregarse al abrazo ardiente del sol nigeriano sin hacer el menor gesto de incomodidad. El coronel llevó al alto y elegante brasileño, que se hacía acompañar tan solo de su secretario, hasta el primero de los Mercedes mientras el resto de la plantilla de Prentino descendía por la escalera posterior del avión y ocupaba los otros cinco vehículos. El chófer, un cabo al que habían destacado a fin de que estuviera disponible día y noche para el honorable invitado, abrió la portezuela trasera del primer coche y realizó un saludo. Eduardo de Silveira no le correspondió con ningún tipo de gesto. El cabo sonrió nervioso, descubriendo la dentadura más blanca que el brasileño había visto nunca.

—Bienvenido a Lagos —se aventuró a decir el cabo—. Espero que haga grandes negocios mientras esté en Nigeria.

Sin elaborar respuesta alguna, Eduardo se acomodó en el asiento y vio a través de la ventanilla tintada como los pasajeros del 707 de British Airways que habían aterrizado poco antes que él formaban una larga cola sobre el asfalto abrasador y esperaban pacientes para pasar por la aduana. El chófer engranó la primera marcha y el cocodrilo negro echó a reptar. El coronel Usman, que ahora viajaba en el asiento delantero junto al cabo, no tardó en comprender que a su invitado brasileño no le gustaba hablar de naderías, y el secretario que iba junto a su empleador no abrió la boca en ningún momento. El coronel, acostumbrado a adaptarse a todo tipo de situaciones, también permaneció mudo, dejando que Silveira considerase el plan de actuación.

Eduardo Francisco de Silveira había nacido en la aldea de Rebeti, ubicada a unos ciento cincuenta kilómetros al norte de Río de Janeiro, heredero de una de las dos fortunas familiares más poderosas de Brasil. Había estudiado en una institución privada de Suiza antes de trasladarse a Los Ángeles para ingresar en la Universidad de California. Seguidamente, completó su formación en la Escuela de Negocios de Harvard, etapa tras la cual volvió a Brasil, donde empezó a trabajar no arriba ni abajo del todo, sino en medio, como administrador de los intereses mineros que la familia tenía en Minas Gerais. Pronto se abrió paso hacia lo más alto, mucho antes de lo que su padre había planeado, pues el muchacho, más que una simple astilla, había resultado ser más bien un nuevo palo. A los veintinueve se casó con María, la hija mayor del mejor amigo del padre de Eduardo, y así, cuando doce años más tarde su progenitor falleció, Eduardo pasó a ocupar el trono de Prentino. En total eran siete hijos: el segundo, Alfredo, se encargaba ahora de la banca; João, de las navieras; Carlos, por su parte, organizaba las actividades de la construcción; Manoel coordinaba el sector de la alimentación y los suministros; Jaime dirigía los periódicos de la familia; y el pequeño Antonio, el benjamín y, a decir verdad, el menos relevante, llevaba el sector agrícola. Todos los hermanos consultaban con Eduardo antes de tomar una decisión importante, dado que este seguía siendo el presidente de la mayor compañía privada de Brasil, pese a las aseveraciones jactanciosas del viejo enemigo de la familia, Manuel Rodrigues.

Cuando el régimen militar del general Castelo Branco derrocó el gobierno civil en 1964, los generales convinieron en que no podían matar ni a todos los De Silveira ni a todos los Rodrigues, por lo que debían resignarse a convivir con las dos familias rivales. Por su parte, los De Silveira siempre habían tenido claro que solo les convenía meterse en política para realizar pagos a los agentes del gobierno, ya fueran militares o civiles, de acuerdo con su rango. Así se aseguraban de que el imperio de Prentino continuase expandiéndose, con independencia de la facción que ostentase el poder. Una de las razones por las que Eduardo de Silveira había reservado tres jornadas en su apretada agenda para viajar a Lagos era que el sistema de gobierno nigeriano se parecía en gran medida al de Brasil, y al menos en ese aspecto le había socavado el terreno a Manuel Rodrigues, lo cual compensaría con creces el hecho de que este le hubiera arrebatado la licitación del aeropuerto de Río. Eduardo sonrió al deleitarse con la idea de que Rodrigues no sospechaba que había venido a Nigeria para cerrar un trato con el que podría llegar a duplicar en tamaño a su oponente.

A medida que el Mercedes negro avanzaba con pesadez por las calles bulliciosas sin prestar atención a los semáforos, estuvieran en rojo o en verde, Eduardo recordó su primer encuentro con el general Mohammed, el jefe del Estado nigeriano, con ocasión de la visita oficial del presidente a Brasil. Cuando conversaron durante la cena que se celebró en honor del general Mohammed, el presidente Ernesto Geisel manifestó que albergaba la esperanza de que ambos países estrecharan sus relaciones tanto en los asuntos de la política como en los del comercio. Eduardo se mostró de acuerdo con el líder no electo, más que dispuesto a dejarle la política al presidente si este le permitía continuar con sus negocios. El general Mohammed pronunció su respuesta, en nombre de los invitados, con un acento inglés que solo cabía asociar con Oxford. Habló largo y tendido sobre el proyecto que más le entusiasmaba: la fundación de una nueva capital nigeriana en Abuya, ciudad que a su juicio podría rivalizar incluso con Brasilia. Una vez que todos hubieron dado su respectivo discurso, el general mantuvo un aparte con De Silveira para revelarle más detalles sobre el proyecto de la ciudad de Abuya y preguntarle si estaría interesado en una licitación privada. Eduardo sonrió, lamentando tan solo que su rival, Rodrigues, no estuviera ahí para escuchar la conversación que estaba manteniendo con el jefe del Estado nigeriano.

Eduardo revisó a fondo la propuesta que le llegó una semana más tarde, después de que el general hubiera regresado a Nigeria, y accedió al primer requerimiento con el envío de un equipo compuesto por siete expertos, que habrían de volar a Lagos para llevar a cabo un estudio de viabilidad sobre Abuya.

Transcurrido un mes, De Silveira ya tenía en sus manos el minucioso informe del equipo. Eduardo llegó a la conclusión de que, dada la posible rentabilidad del proyecto, merecía mucho la pena remitirle una propuesta completa al gobierno nigeriano. Así, contactó personalmente con el general Mohammed, quien, al estar de acuerdo en todo, dio el visto bueno. Ahora fueron veintitrés hombres los que se desplazaron a Lagos, y al cabo de tres meses y ciento setenta páginas, Eduardo firmó y selló la propuesta, encabezada con el título de Una nueva capital para Nigeria. Tan solo introdujo un cambio en el documento. La cubierta original del proyecto era azul y plateada e incorporaba el logotipo de Prentino en el centro. Eduardo la sustituyó por otra verde y blanca, los colores de la bandera de Nigeria, e incluyó el emblema de la nación, compuesto por un águila que se sostenía sobre dos caballos. Sabía que a menudo era ese tipo de detalles lo que impresionaba a los generales y decantaba la balanza hacia un lado u otro. Por último, envió diez copias del estudio de viabilidad al jefe del Estado nigeriano, acompañadas de una factura por un millón de dólares.

Cuando el general Mohammed hubo analizado el plan, le propuso a Eduardo de Silveira que visitara Nigeria en calidad de invitado suyo, con el propósito de discutir la siguiente fase del proyecto. De Silveira le envió un télex en respuesta, en principio para aceptar la invitación, pero también para recordarle cortés pero firmemente que aún no había recibido el pago del millón de dólares invertido en el estudio de viabilidad previo. El dinero fue transferido también por télex desde el Banco Central de Nigeria y, entonces sí, De Silveira despejó cuatro días consecutivos en su calendario para dedicarlos al proyecto de

LA NUEVA CAPITAL FEDERAL. La agenda exigía que llegase a Lagos un lunes por la mañana porque tenía que estar en París el jueves por la noche como muy tarde.

Mientras Eduardo le daba vueltas a todo esto, el Mercedes se detuvo frente al cuartel militar de Dodan. Cuando la verja de hierro se retiró, un soldado armado al completo interpretó el saludo general, un honor que se reservaba para los jefes de Estado que venían de visita. El Mercedes negro traspuso la verja pausadamente e interrumpió la marcha al llegar a la residencia presidencial. Un brigadier aguardaba en la escalinata para acompañar a De Silveira hasta donde se encontraba el mandatario.

Almorzaron en una pequeña estancia con aspecto de comedor de oficiales británico. El plato principal consistía en un bistec, que un vaquero sudamericano jamás se habría dignado a probar, con guarnición de verduras, menú que a Eduardo le trajo a la memoria sus días de estudiante. Con todo, el magnate no conocía a ningún militar que comprendiera que un buen cocinero era tan importante como un buen ordenanza. Durante la comida conversaron a grandes rasgos sobre los problemas inherentes a la construcción de toda una ciudad en medio de la selva ecuatorial.

El presupuesto inicial que se manejaba para la totalidad del proyecto se había cifrado en mil millones de dólares, pero cuando De Silveira advirtió al presidente que dicha cantidad podría acabar multiplicándose por tres, el mandatario lo miró boquiabierto. De Silveira hubo de admitir que este sería el proyecto más ambicioso que Prentino International había afrontado nunca, pero también se apresuró a comentarle al presidente que lo mismo podría decirse de cualquier otra compañía de construcción.

De Silveira, poco amigo de jugar su mejor baza al comienzo de la partida, esperó al café para dejar caer que acababan de concederle, pese a la ferocidad de los otros competidores (entre los que se contaba Rodrigues), un contrato para construir una autopista de ocho carriles que recorrería la jungla amazónica y que convergería con la ruta panamericana, proyecto al que solo superaba en escala el que ahora tenían en mente para Nigeria. Impresionado, el presidente le preguntó a De Silveira si un trabajo de tal envergadura no le impediría implicarse en el acometimiento de la nueva capital.

—No podré responder a esa pregunta hasta dentro de tres días —contestó el brasileño, que se comprometió a volver a hablar con el jefe del Estado al finalizar su visita, momento en que le confirmaría si estaba preparado para seguir adelante con el plan.

Terminado el almuerzo, un chófer condujo a Eduardo al hotel Federal Palace, donde la totalidad de la sexta planta se había reservado en exclusiva para él. A algunos de los huéspedes afectados, que habían venido a Nigeria para cerrar tratos en los que apenas se movían unos pocos millones, se les pidió sin apenas antelación que abandonaran sus habitaciones para que De Silveira y su acompañamiento las ocuparan. Eduardo no estaba al tanto de estos procedimientos, puesto que viajara a donde viajase siempre había una habitación para él.

Los seis Mercedes estacionaron frente al hotel y, sin perder un momento, el coronel llevó al invitado hacia las puertas batientes y hasta más allá de la recepción. Hacía catorce años que Eduardo no se registraba en un hotel, a excepción de aquellas ocasiones en que daba un nombre falso para que nadie se fijara en la mujer que lo acompañaba.

El presidente de Prentino International recorrió el pasillo principal del hotel y montó en el ascensor que lo esperaba al fondo. Notó que las piernas se le doblaban, mareado de súbito. En la esquina del ascensor subía un hombre achaparrado y calvo, vestido con unos tejanos desgastados y una camiseta, que no dejaba de mascar un chicle abriendo y cerrando la boca. Se mantuvieron lo más apartados posible, sin que ninguno saludara ni se dirigiera al otro en ningún momento. Cuando el ascensor se detuvo en la quinta planta, Manuel

Rodrigues, presidente de Rodrigues International S. A., salió al pasillo, dejando tras de sí al que era su más porfiado rival desde hacía treinta años.

Eduardo, aún mareado, tuvo que apoyarse en el pasamanos del ascensor para tenerse en pie. Cómo despreciaba a aquel arribista analfabeto cuya familia, integrada por cuatro medio hermanos, cada uno de un padre, alardeaba de que ahora dirigía la mayor empresa constructora de Brasil. A ambos les interesaba el fracaso del otro tanto como el éxito propio.

Se preguntó extrañado qué habría venido a hacer Rodrigues a Lagos, pues estaba seguro de que su rival no había mantenido ningún tipo de contacto con el presidente nigeriano. A fin de cuentas, Eduardo nunca había cobrado el alquiler de cierta casita de Río en la que residía la amante de un veterano agente del departamento de protocolo del gobierno. Y la única tarea de este funcionario era cerciorarse de que nadie invitara jamás a Rodrigues a ningún acto al que fuesen a asistir los dignatarios que visitaran Brasil. Así, el hecho de que Rodrigues nunca se dejase ver en este tipo de ceremonias garantizaba que el recaudador de alquileres que trabajaba para Eduardo nunca se acordase de la inquilina de Río.

Aunque Eduardo jamás le confesaría a nadie que la presencia de Rodrigues le preocupaba, se determinó a averiguar cuanto antes qué había traído a su viejo enemigo a Nigeria. Apenas llegó a su suite, De Silveira le indicó a su secretario que se enterase de las intenciones de Manuel Rodrigues. Eduardo decidió que se volvería a Brasil de inmediato si Rodrigues resultaba estar involucrado de alguna manera en el proyecto de la nueva capital, y entonces habría una jovencita en Río que de pronto tendría que empezar a buscarse otro alojamiento.

Al cabo de una hora el secretario regresó con la información solicitada. Rodrigues, según sus averiguaciones, se encontraba en Nigeria para licitar la construcción de un nuevo puerto en Lagos, y no parecía haberse interesado en absoluto por la futura capital; de hecho, ni siquiera había conseguido reunirse aún con el presidente.

—¿Qué ministro se encarga de los puertos y cuándo estoy citado con él? —inquirió De Silveira.

El secretario consultó la agenda.

—El ministro de Transportes —dijo el secretario—. Tiene una cita con él el jueves a las nueve de la mañana. —La Administración nigeriana le había programado cuatro días repletos de reuniones, en las que se habían tenido en cuenta todos los gabinetes ministeriales que guardaran algún tipo de relación con el proyecto de la nueva ciudad—. Es el encuentro previo a su última conversación con el presidente. Después tiene el vuelo a París.

—Excelente. Recuérdemelo cinco minutos antes de que vea al ministro, y también cuando vaya a hablar con el presidente.

El secretario tomó nota y se retiró.

Eduardo se quedó sentado a solas en la suite, repasando los informes del proyecto de la nueva capital que los expertos le habían enviado. Algunos miembros del equipo empezaban a mostrarse intranquilos. En concreto, una de las preocupaciones que siempre surgían entre los empleados al emprender un gran proyecto de construcción era la de que el patrón les pagara, y de que además lo hiciera en el plazo acordado. Faltar a su palabra equivalía a arruinarse, pero desde que se descubriera petróleo en Nigeria no parecía haber escasez de capital ni, menos aún, de gente dispuesta a invertir ese dinero en nombre del gobierno. De Silveira, no obstante, nunca padecía este tipo de ansiedades, ya que siempre exigía que se le abonara un cuantioso pago por adelantado; de no recibirlo, no se molestaba en salir de Brasil con su ejército de empleados. Aun así, la insólita magnitud de estas obras en particular alteraba un tanto las circunstancias. Eduardo era consciente de que su reputación quedaría por los suelos a nivel internacional si se implicara en el encargo y después no lo rematase. Repasó los informes mientras cenaba reposadamente en la habitación y se acostó pronto, después de haber desperdiciado una hora intentando hablar por teléfono con su esposa.

La primera cita que De Silveira tenía a la mañana siguiente era con el gobernador del Banco Central de Nigeria. Eduardo vestía un traje recién planchado, una camisa nueva y unos zapatos lustrados a conciencia; durante los cuatros días que duraría su estancia nadie lo vería dos veces con la misma ropa. A las nueve menos cuarto alguien llamó con suavidad a la puerta de la suite y, al abrir, el secretario se encontró con el coronel Usman en posición de firmes, listo para acompañar a Eduardo al Banco. De camino a la salida del hotel, Eduardo volvió a ver a Manuel Rodrigues, que llevaba los mismos tejanos, la misma camiseta arrugada y tal vez hasta el mismo chicle, cuando se montaba en el BMW que había delante de él. De Silveira no dejó de mirar con recelo el coche, que ahora emprendía la marcha, hasta que recordó que el jueves por la mañana estaba citado con el ministro que se encargaba de los puertos, después de lo cual se reuniría con el presidente.

El gobernador del Banco Central de Nigeria tenía por costumbre proponer el calendario de los pagos a fin de garantizarlos hasta la finalización de las obras. Nadie le había dicho nunca que, si los pagos se retrasaban más de siete días, diera el contrato por roto, y que podían tomarlo o dejarlo. El gobernador se habría atrevido a poner alguna objeción si el de Abuya no hubiera sido el proyecto favorito del presidente. Aclarado este punto, De Silveira pasó a comprobar las reservas del banco, los depósitos a largo plazo, las condiciones de la deuda exterior y la estimación de rentas del petróleo para los próximos cinco años. Cuando Eduardo salió del despacho, el gobernador estaba hecho un flan, todo humedecido y tembloroso.

La siguiente cita era una visita de cortesía que debía hacerle al embajador de Brasil para almorzar con él. Detestaba este tipo de farsas, convencido de que la utilidad de las embajadas se reducía a organizar cócteles, en los que además solo se hablaba de trivialidades desfasadas, cuando a él no le interesaba ni una cosa ni la otra. Los platos que se servían en esos eventos siempre daban lástima, casi tanta como la compañía. En esta ocasión no fue distinto, de tal modo que la única ganancia que obtuvo del encuentro (porque Eduardo lo entendía todo en términos de pérdidas y ganancias) fue el enterarse de que Manuel Rodrigues figuraba en una breve lista de tres candidatos para la construcción del nuevo puerto de Lagos, y de que el viernes se le concedería una audiencia con el presidente si finalmente se le otorgaba el contrato. Llegada la mañana del jueves, la lista sería de solo dos miembros, y además no habría ninguna audiencia con el presidente, quiso pensar De Silveira mientras consideraba que ese sería el mayor beneficio que podía sacar de aquel almuerzo, hasta que el embajador añadió:

—Rodrigues parece alegrarse mucho por usted, ahora que le han otorgado el contrato para la nueva ciudad de Abuya. No tiene más que elogios para usted cada vez que se encuentra con un ministro. Es curioso —prosiguió el embajador—, siempre había creído que no podían ni verse el uno al otro.

Eduardo guardó silencio mientras intentaba determinar qué carta pretendería jugar Rodrigues al apoyar su causa.

Después pasó la tarde con el ministro de Economía y ratificó las disposiciones iniciales que había acordado con el gobernador del banco. Este había hablado ya con el ministro, tanto para prevenirlo sobre lo que podía esperar de un encuentro con Eduardo de Silveira como para decirle que no debía dejarse amedrentar por la brusquedad de sus exigencias. De Silveira, consciente de que el ministro podría estar sobre aviso, le concedió al pobre hombre un pequeño margen para negociar e incluso cedió en diversos aspectos menores de los que podría discutir con el presidente durante la siguiente reunión del Consejo Militar Supremo. Eduardo dejó que el sonriente ministro creyera que le había marcado uno o dos goles al formidable sudamericano.

Por la noche, Eduardo cenó con sus consejeros más veteranos, quienes ya estaban tratando con los agentes de los ministros. Todos ellos le presentaban a diario informes sobre los problemas a los que habría que enfrentarse si comenzaran a trabajar en Nigeria. El ingeniero jefe se apresuró a recalcar que no sería posible contratar mano de obra cualificada por mucho que les costara, dado que los alemanes se la habían reservado toda para abrir sus inmensas carreteras. Los expertos en finanzas también presentaron un informe que tendía al pesimismo, puesto que aparecían en él distintas multinacionales que debían esperar seis meses o más a que el Banco Central emitiese sus cheques. Eduardo tomó nota de sus opiniones, sin llegar a dar la suya en ningún momento. Los consejeros lo dejaron minutos después de las once, cuando decidió salir a dar una vuelta por los alrededores del hotel antes de acostarse. Mientras paseaba por los lujosos jardines tropicales, evitó por los pelos toparse de frente con Manuel Rodrigues, corriendo a ocultarse tras un iroko. El hombrecillo pasó de largo mascando su chicle, ajeno a la mirada furibunda de Eduardo, que puso a un parlanchín papagayo gris al corriente de sus más inconfesables pensamientos: «el jueves por la tarde, Rodrigues, te volverás a Brasil con la maleta llena de planes que podrás guardar en la carpeta de "proyectos fallidos"». El papagayo ladeó la cabeza y le graznó como si ahora conociera el secreto. Eduardo se permitió una sonrisa y regresó a la habitación.

Al día siguiente el coronel Usman volvió a presentarse puntual a las nueve menos cuarto y Eduardo se pasó la mañana con el ministro de Suministros y Cooperativas (o de la falta de ambos, como le comentó más tarde a su secretario). La tarde la dedicó a conversar con el ministro de Trabajo, junto al que comprobó que, si bien había disponible mano de obra no cualificada, no podría contar con ni un solo trabajador experto. Eduardo empezaba a pensar que, pese al optimismo que manifestaban los ministros, esta iba a ser la obra más complicada que había acometido nunca.

Perdería algo más que dinero si en el mundo de los negocios internacionales lo veían caer de bruces.

Por la noche su equipo le presentó más informes, después de haber solucionado algunos problemas y encontrado otros nuevos. En principio, suponían que mientras el actual régimen permaneciera en el poder, no tenían por qué preocuparse por los pagos, ya que el presidente había calificado la nueva ciudad como proyecto prioritario. Incluso se rumoreaba que el ejército estaría dispuesto a aportar una parte de sus tropas si resultara haber escasez de mano de obra cualificada. Eduardo tomó nota sobre esto último para que el jefe del Estado se comprometiera por escrito cuando mantuvieran la última reunión al día siguiente. Así y todo, el inconveniente de la mano de obra no era lo que tenía en la cabeza cuando se puso su pijama de seda. No dejaba de hacerle gracia la idea de que Manuel Rodrigues tuviera que abandonar Brasil de forma inminente e inesperada. Aquella noche Eduardo durmió muy bien.

A la mañana siguiente se levantó revigorizado, se duchó y se puso un traje nuevo. Aquellos cuatro días le estaban mereciendo mucho la pena, y además todavía podía matar dos pájaros de un tiro. A las nueve menos cuarto ya estaba esperando impaciente al hasta entonces puntual coronel. Sin embargo, el militar no se presentó a la hora acostumbrada, y seguía sin aparecer cuando el reloj de la repisa de la chimenea dio las nueve en punto. De Silveira envió a su secretario a que averiguase dónde se había metido mientras él daba vueltas malhumorado por la suite. Minutos después el secretario regresó muerto de miedo y le informó de que unos guardias armados habían rodeado el hotel. Eduardo no sucumbió al pánico. Había sobrevivido a ocho golpes de Estado, de los cuales había sacado una valiosa enseñanza: el nuevo régimen nunca ejecuta a los extranjeros porque necesita su dinero tanto como el gobierno anterior. Así, cogió el teléfono pero, al no obtener respuesta, encendió la radio, que estaba emitiendo una grabación:

«Han sintonizado Radio Nigeria. Han sintonizado Radio Nigeria. Se ha producido un golpe de Estado. El general Mohammed ha sido derrocado y el teniente coronel Dimka ha tomado el control del nuevo gobierno revolucionario. No tienen nada que temer. Permanezcan en casa y la normalidad se restablecerá en cuestión de horas. Han sintonizado Radio Nigeria. Han sintonizado Radio Nigeria. Se ha…».

Eduardo apagó la radio mientras consideraba dos cosas: los golpes de Estado siempre lo paraban todo y desataban el caos, por lo que sin ninguna duda había desperdiciado cuatro días. Pero, lo que era aún peor, ¿podría ahora salir de Nigeria y continuar con los negocios rutinarios que tenía en otros países?

A la hora del almuerzo la radio comenzó a emitir música militar, la cual interrumpía de vez en cuando para volver a poner aquella grabación que ya se sabía de memoria. Eduardo les encomendó a todos los miembros de su equipo que recabasen cuanta información pudieran y se la comunicaran a él en persona. Todos le contaron lo mismo: que no había forma alguna de romper el cordón que los soldados habían levantado alrededor del hotel, por lo que resultaba imposible averiguar nada. Eduardo profirió una blasfemia por primera vez en muchos meses. Para colmo de males, el director del hotel lo llamó a fin de informarle de que por desgracia tendría que bajar al comedor principal, puesto que no habría servicio de habitaciones hasta nuevo aviso. Cuando Eduardo se dirigió al comedor a regañadientes, vio que al jefe de los camareros no debía de interesarle mucho quién fuera, porque le asignó sin la menor ceremonia una mesa pequeña que ya habían ocupado tres italianos. Manuel Rodrigues estaba sentado a solo dos mesas de distancia; Eduardo se puso rígido solo de pensar lo mucho que su contrincante estaría disfrutando al verlo tan desconcertado, y en ese momento recordó que esta mañana tenía que reunirse con el ministro que administraba los puertos. Aunque se tomaron su tiempo en servirle, comió deprisa, y cuando los italianos intentaron entablar conversación con él, sacudió la mano para que lo dejaran en paz, fingiendo no entenderlos, aunque hablara su idioma con fluidez. En cuanto hubo terminado el segundo plato, regresó a su habitación. Lo único que sus hombres podían ofrecerle eran rumores, y además no habían logrado ponerse en contacto con la embajada brasileña para presentar una queja formal.

—¿Y de qué iba a servirnos una queja formal? —dijo Eduardo, que se dejó caer en una silla—. ¿A quién tendríamos que remitírsela? ¿Al nuevo régimen o al anterior?

El resto del día lo pasó sentado en la habitación sin ninguna compañía, con lo única molestia de lo que sospechaba que sería el ruido de los disparos en la distancia. Leyó la propuesta del proyecto para la Nueva Capital Federal y los informes de los consejeros por tercera vez.

A la mañana siguiente, vestido con el mismo traje que llevaba el día que llegó, supo por boca de su secretario que el golpe había fracasado. Tras una cruenta lucha en las calles, le dijo al magnate, que hoy le prestaba más atención de lo habitual, el anterior régimen había recuperado el control, aunque no sin haber sufrido enormes pérdidas: entre los fallecidos se contaba el general Mohammed, el jefe del Estado. Aquella misma mañana Radio Nigeria confirmó oficialmente las nuevas del secretario. El cabecilla del golpe fallido era un tal teniente coronel Dimka. Este, junto con uno o dos oficiales jóvenes, había conseguido escapar, y el gobierno había establecido un toque de queda de sol a sol hasta que los despreciables criminales fueran detenidos.

Da un golpe de Estado y serás un héroe para el país; fracasa en el intento y serás un despreciable criminal. «En los negocios existe la misma diferencia entre quien amasa una fortuna y quien se arruina», pensó Eduardo mientras escuchaba las noticias. Estaba empezando a planear la forma de salir de Nigeria cuanto antes cuando el locutor dio una noticia que lo dejó helado.

«Mientras el teniente coronel Dimka y sus camaradas continúen en busca y captura, todos los aeropuertos del país permanecerán cerrados hasta nuevo aviso».

Terminado el boletín informativo, se emitió otro tema militar en memoria del difunto general Mohammed.

Eduardo bajó hecho una furia. El hotel seguía rodeado de guardias. Miró los seis Mercedes vacíos, aparcados a solo diez metros de los fusiles de los soldados. Regresó al vestíbulo, fastidiado por la vocería que procedía de todas direcciones en innumerables idiomas. Miró a su alrededor; era evidente que muchos habían quedado atrapados en el hotel durante la noche y terminado durmiendo en el salón o en el bar. Echó un vistazo en la estantería de la antesala en busca de algo que leer, pero solo quedaban cuatro ejemplares de una guía turística de Lagos; todo lo demás se había vendido. Los autores a los que nadie leía desde hacía años cambiaban ahora de manos a precio de oro. Eduardo volvió a subir a la habitación, que cada vez se parecía más a una celda, pero se negó a leer el proyecto de la Nueva Capital Federal por cuarta vez. De nuevo intentó ponerse en contacto con el embajador brasileño a fin de saber si podrían concederle una autorización especial para abandonar el país, ya que disponía de un avión privado. Nadie descolgó el teléfono de la embajada. Decidió bajar otra vez para almorzar pronto, pero se encontró con que el comedor volvía a estar lleno. Lo sentaron en una mesa junto con un grupo de alemanes a los que les preocupaba un contrato que habían firmado con el gobierno la semana anterior, antes del golpe fallido. Ahora se preguntaban si no sería papel mojado. Manuel Rodrigues entró en el comedor minutos más tarde, y uno de los camareros lo acompañó hasta la mesa contigua.

Por la tarde, De Silveira consultó de mala gana la agenda de los próximos siete días. Esa mañana tenía que haber estado en París para encontrarse con el ministro del Interior, y después debía viajar a Londres para conferenciar con el presidente de la Comisión del Acero. No le quedaba ni un hueco libre en el calendario hasta dentro de noventa y dos días, cuando tenía pensado marcharse de vacaciones con su familia.

—Estas vacaciones las disfrutaré en Nigeria —ironizó con un asistente.

Lo que más lo fastidiaba de este golpe de Estado era el hecho de verse aislado del resto del mundo. Se preguntó cómo estarían las cosas en Brasil y odiaba no poder llamar por teléfono ni enviar un télex a París ni a Londres para explicar él mismo el motivo de su ausencia. A cada hora sintonizaba Radio Nigeria compulsivamente para enterarse de cualquier mínima novedad. A las cinco supo que el Consejo Militar Supremo había elegido un nuevo presidente, que se dirigiría al país por televisión y por radio a las nueve de la noche.

Eduardo de Silveira encendió el televisor a las nueve menos cuarto, aunque en circunstancias normales algún asistente lo habría encendido por él un minuto antes de las nueve. Vio a una señora nigeriana impartiendo una clase sobre confección, a la que después sustituyó el hombre del tiempo, quien proporcionó a Eduardo el revelador dato de que seguiría haciendo calor durante todo un mes. Sentado en la silla, movía la rodilla arriba y abajo nerviosamente mientras esperaba a que comenzara el discurso del nuevo presidente. A las nueve en punto, después de que sonara el himno nacional, el nuevo jefe del Estado, el general Obasanjo, apareció en la pantalla vestido con el uniforme de gala. En primer lugar, habló de la trágica muerte del presidente y de lo lamentable que era su pérdida para la nación, tras lo cual aseguró que su gobierno seguiría trabajando por los intereses de Nigeria. Parecía sentirlo de corazón cuando les pidió disculpas a los extranjeros que se habían visto afectados por el intento de golpe, pero quiso dejar claro que el toque de queda de sol a sol se prorrogaría hasta que los cabecillas de las tropas rebeldes fueran localizados y llevados ante la justicia. Confirmó asimismo que los aeropuertos permanecerían cerrados hasta que el teniente coronel Dimka fuese puesto bajo custodia. El nuevo presidente concluyó su alocución diciendo que el resto de los sistemas de comunicación se restablecerían a la mayor brevedad posible. El himno nacional sonó por segunda vez, mientras Eduardo pensaba en los millones de dólares que perdería si se quedaba encerrado en aquella habitación, sin poder utilizar su avión privado, que continuaba parado en el aeropuerto, a escasos kilómetros del hotel. Uno de los gerentes veteranos propuso que apostaran a cuánto tardarían las autoridades en capturar al teniente coronel Dimka, aunque prefirió no decirle a De Silveira que casi nadie pronosticaba que la persecución llevase solo un mes.

Eduardo bajó al comedor con el traje que se había puesto el día anterior. Un camarero novato lo acompañó hasta una mesa donde había unos franceses que esperaban firmar un contrato para iniciar un trabajo de perforación en el estado de Níger. De nuevo, Eduardo agitó la mano con languidez cuando intentaron incluirlo en su conversación. Ahora mismo tendría que estar reunido con el ministro del Interior francés, no con unos perforadores franceses. Intentó concentrarse en la sopa aguada, y se preguntó cuándo empezarían a servir agua sin más. El jefe de los camareros apareció a su lado y señaló la única silla libre que quedaba en la mesa, en la que acomodó a Manuel Rodrigues. También ahora fingieron no conocerse. Eduardo dudaba entre levantarse de la mesa o hacer como que su viejo rival seguía en Brasil. Al cabo, concluyó que esto último sería lo más digno. Los franceses empezaron a preguntarse cuándo podrían salir de Lagos. Uno de ellos aseveró con vehemencia que había oído de labios de la más alta autoridad que el gobierno pretendía capturar hasta al último de los implicados en el golpe antes de reabrir los aeropuertos, persecución que podría durar todo un mes.

—¡¿Cómo?! —exclamaron los brasileños al unísono, en inglés.

—Yo no puedo esperar aquí un mes —se quejó Eduardo.

—Yo tampoco —dijo Manuel Rodrigues.

—Pues no tienen más remedio, al menos hasta que atrapen a Dimka —intervino uno de los franceses, también en inglés—. Así que será mejor que se hagan a la idea, ¿no les parece?

Los brasileños siguieron comiendo en silencio. Cuando Eduardo hubo terminado, se levantó y, sin mirar a Rodrigues, dejó caer un «buenas noches» en portugués. Su viejo rival inclinó la cabeza para devolverle el saludo.

Al día siguiente no hubo ninguna novedad. El hotel seguía rodeado de guardias y para cuando anocheció Eduardo ya había perdido la paciencia con todos los miembros del equipo que se habían cruzado con él. Bajó a cenar sin compañía y, nada más entrar en el comedor, vio a Manuel Rodrigues sentado a solas en una mesa de la esquina. Rodrigues lo vio llegar y, tras titubear por un momento, le hizo señas. Eduardo también se lo pensó antes de acercarse con renuencia a Rodrigues y ocupar la silla de enfrente. Rodrigues le sirvió una copa de vino. Eduardo, que apenas bebía, la aceptó. Al principio, la conversación borboteó forzadamente, pero a medida que la botella de vino se vaciaba, el uno empezó a sentirse más cómodo con la compañía del otro. Cuando llegó el café, Manuel le estaba diciendo a Eduardo adónde podía irse este país olvidado de Dios.

—¿No se quedará, si le otorgan el contrato de los puertos? —le preguntó Eduardo.

—Ni en sueños —dijo Rodrigues, al que no le extrañó que De Silveira supiese que estaba interesado en esa licitación—. Me retiré de la lista el día antes del golpe. Quería haber regresado a Brasil el jueves por la mañana.

—¿Y puedo saber por qué se retiró?

—Sobre todo, por el problema con la mano de obra, pero también por la congestión de los puertos.

—Creo que no termino de entenderlo —admitió Eduardo, que,

aunque lo entendía muy bien, sentía curiosidad por saber si Rodrigues conocía algún detalle en concreto que se le hubiera escapado a su equipo.

Manuel Rodrigues guardó una pausa para asimilar el hecho de que el hombre al que había considerado su peor enemigo durante más de treinta años ahora estuviera pendiente de lo que él le decía. Consideró la situación por un instante mientras tomaba un sorbo de café. Eduardo aguardó en silencio.

—Para empezar, hay una grave escasez de mano de obra cualificada, y después está el demencial sistema de los cupos.

—¿El sistema de los cupos? —repitió Eduardo con inocencia.

—El porcentaje de obreros del país del contratista al que el gobierno permitirá trabajar en Nigeria.

—¿Y por qué iba a suponer eso un inconveniente? —indagó Eduardo, que se inclinó hacia delante.

—Por ley, hay que contratar a cincuenta trabajadores autóctonos por cada trabajador extranjero, de modo que solo habría podido traer a veinticinco de mis mejores hombres para organizar una obra de cincuenta millones de dólares, teniendo que conformarme con los nigerianos para casi todas las demás tareas. El gobierno se ha echado la soga al cuello con este sistema endemoniado; no se puede esperar que los obreros no cualificados, sean blancos o negros, se conviertan en ingenieros experimentados de la noche a la mañana. Y todo por culpa del orgullo nacional. Alguien debería decirles que no pueden permitirse tanta dignidad si quieren que estas obras se ejecuten a un precio razonable. Es la forma más rápida de arruinarse. Además, los alemanes ya se han reservado a los mejores especialistas para construir sus carreteras.

—Aun así —dijo Eduardo—, nosotros facturamos el trabajo conforme a sus reglas, por muy absurdas que sean, lo que nos permite poder responder ante cualquier eventualidad, y mientras los pagos estén garantizados…

Manuel levantó la mano para interrumpir a Eduardo.

—Ese es otro problema: no tenemos ninguna garantía. El mes pasado, sin ir más lejos, el gobierno ha incumplido un importante contrato del acero. A consecuencia de esto —añadió— han arruinado a una respetada multinacional. Así que son más que capaces de intentar tenderme la misma trampa a mí. Y si no pagan, ¿a quién demandas? ¿Al Consejo Militar Supremo?

—¿Y el problema de los puertos?

—El puerto está totalmente colapsado. Hay ciento setenta barcos desesperados por descargar su mercancía, pero para eso pueden tirarse hasta seis meses esperando. Para colmo, se cobra una estadía de cinco mil dólares por jornada, pero como mucho se les puede dar prioridad a los alimentos perecederos.

—Pero siempre existe alguna solución extraoficial para esas situaciones —le recordó Eduardo, que se frotó un par de veces el pulgar contra el índice.

—¿Sobornos? Aquí no sirven de nada, Eduardo. ¿Cómo va uno a saltarse la cola cuando los otros ciento setenta barcos que van primero ya han sobornado al capitán del puerto? Y no crea que apañarle el alquiler del piso a alguna de sus queridas iba a servirle de algo —apostilló Rodrigues con una sonrisa—. A ese hombre habría que ponerle además la querida.

Eduardo contuvo la respiración, pero no dijo nada.

—Y fíjese —prosiguió Rodrigues—: si la situación empeora, el capitán del puerto podría terminar siendo incluso más rico que usted.

Eduardo se rio por primera vez en tres días.

—Créame, Eduardo, ganaríamos mucho más si abriéramos una mina de sal en Siberia.

Cuando Eduardo se permitió otra carcajada, los empleados de Prentino y de Rodrigues, que habían ocupado las otras mesas, miraron atónitos a sus patronos.

—Había venido a por el premio gordo, el de la nueva ciudad de Abuya, ¿verdad? —supuso Manuel.

—Así es —afirmó Eduardo.

—He hecho cuanto estaba en mi mano para que se lo concedieran —confesó Rodrigues a media voz.

—¿Cómo? —se extrañó Eduardo—. ¿Por qué?

—Imaginaba, Eduardo, que Abuya le daría a Prentino más dolores de cabeza de los que podría soportar, y que eso me facilitaría mucho las cosas en casa. Piénselo: cuando Nigeria aplique nuevos recortes, ¿de qué cree que se desprenderán primero? De la «ciudad innecesaria», como la llaman aquí.

—¿La «ciudad innecesaria»? —repitió Eduardo.

—Sí, y se equivoca al decir que no moverá un dedo si no recibe un anticipo. Sabe tan bien como yo que necesitará tener aquí y a tiempo completo a cien de sus mejores hombres para planificar una obra tan descomunal. Deberá proporcionarles alimentos, un salario, un alojamiento, y quizá incluso una escuela y un hospital. Una vez que se asienten aquí, no podrá apartarlos del trabajo cada dos semanas porque el gobierno se ha retrasado con los cheques. No sería nada práctico, lo sabe muy bien. —Rodrigues volvió a llenarle la copa a De Silveira.

—Ya lo había pensado —dijo Eduardo mientras tomaba un poco más de vino—, pero daba por hecho que con la ayuda del jefe del Estado…

—El difunto jefe del Estado.

—No le falta razón, Manuel.

—Puede que el nuevo jefe del Estado también lo apoye, pero ¿y el que venga después? Nigeria ha sufrido tres golpes en los últimos tres años.

Eduardo permaneció en silencio por un instante.

—¿Es aficionado al *backgammon*?

—Sí. ¿Por qué lo pregunta?

—De alguna manera tendré que ganar dinero mientras esté aquí —explicó Manuel con una risotada.

—¿Por qué no viene a mi habitación? —le propuso De Silveira—. Aunque le advierto que siempre gano a mis empleados.

—Quizá siempre se dejen ganar —dijo Manuel a la vez que se levantaba y cogía por el cuello la botella de vino ya medio vacía. Entre risas, salieron del comedor.

En adelante, los presidentes almorzaron y cenaron juntos a diario. Al cabo de una semana, los empleados del uno y el otro también habían empezado a comer en las mismas mesas. A Eduardo se le podía ver en el comedor sin corbata, mientras que Manuel comenzó a ponerse camisas después de muchos años sin llevar una. Transcurridos quince días, los rivales se habían medido al *backgammon*, al tenis de mesa e incluso al *bridge*, con envites de cien dólares por tanto. Al término de la jornada, Eduardo siempre parecía deberle a su contrincante un millón de dólares más, en cuyo lugar Manuel aceptaba gustoso la mejor botella de vino que quedara en la bodega del hotel.

Pese a que el teniente coronel Dimka hubiera sido avistado por cuarenta mil nigerianos en otros tantos lugares distintos, seguía sin haber manera de capturarlo. Por insistencia del nuevo presidente, los aeropuertos permanecían cerrados, si bien las comunicaciones sí que se habían restablecido, con lo que al menos Eduardo podía llamar y enviar télex a Brasil. Sus hermanos y su esposa le respondían a cada hora, a menudo para suplicarle que volviera a casa fuera como fuese, puesto que se veían obligados a posponer multitud de decisiones sobre importantísimos contratos en distintos países debido a su ausencia. Aun así, el mensaje que Eduardo enviaba después a Brasil era siempre el mismo: mientras Dimka continuara a la fuga, los aeropuertos se mantendrían inoperativos.

Un martes por la noche, durante la cena, Eduardo se tomó la molestia de explicarle a Manuel por qué Brasil no había ganado el mundial de fútbol. Manuel desestimó las razones injuriosas de Eduardo, pues consideraba que carecían de fundamento y que además estaban llenas de prejuicios. Era el único tema en el que no se habían puesto de acuerdo en tres semanas.

—La culpa de todo este fiasco es de Zagalo —sentenció Eduardo.

—No, no, no se puede responsabilizar al entrenador —opuso Manuel—. La culpa es de esos estúpidos seleccionadores, que entienden de fútbol menos aún que usted. Nunca tendrían que haber apartado a Leao de la portería y, en cualquier caso, la derrota que sufrió Argentina el año pasado debería habernos enseñado que nuestros métodos están anticuados. Hay que atacar, atacar, si se quieren marcar goles.

—Pamplinas. Seguimos teniendo la defensa más sólida del mundo.

—Con lo que el mejor resultado que se puede esperar es un empate a cero.

—Nunca… —comenzó a decir Eduardo.

—Disculpe, señor. —Al levantar la vista, De Silveira vio a su secretario junto a él, mirándolo nervioso.

—¿Ocurre algo?

—Un télex urgente de Brasil, señor.

Cuando hubo leído el primer párrafo, Eduardo le preguntó a Manuel si sería tan amable de disculparlo unos minutos. Su interlocutor asintió cortésmente. De Silveira se levantó de la mesa y, a medida que salía del comedor, diecisiete de los comensales que ocupaban las otras mesas dejaron su plato a medias y lo siguieron prestos hasta su suite, en la última planta, donde ya se había reunido el resto del equipo. Se sentó solo en un rincón. Nadie dijo nada mientras leía el télex con atención, de pronto consciente del largo tiempo que llevaba atrapado en Lagos.

El mensaje llegaba remitido por su hermano Carlos, y en él le trasladaba una consulta sobre el proyecto de la ruta panamericana, una autopista de ocho carriles que se extendería desde Brasil hasta México. Prentino había licitado por el tramo que atravesaba el corazón de la selva amazónica y debía tener firmadas y certificadas las garantías bancarias para las doce del día siguiente, martes. Pero Eduardo se había olvidado tanto de qué martes era como del documento que tenía que firmar antes de que venciera el plazo.

—¿Y cuál es el problema? —le preguntó Eduardo al secretario—. El Banco do Brasil ya había aprobado que Alfredo actuase como aval. ¿Por qué Carlos no puede firmar el acuerdo en mi ausencia?

—Ahora los mexicanos exigen que la responsabilidad del contrato sea compartida a causa de los problemas con el seguro. El Lloyd's of London no asumirá la totalidad de los riesgos si solo participa una compañía. Los detalles figuran en la página siete del télex.

Eduardo saltó aprisa a la sección indicada. Leyó que sus hermanos ya habían intentado presionar al Lloyd's, pero siempre en vano. Era como intentar sobornar a una tía solterona para que participase en una orgía pública, pensó Eduardo, y así mismo lo habría expresado de haberse encontrado en Brasil. El gobierno mexicano, por lo tanto, insistía en que el contrato se compartiera con otra compañía constructora multinacional que contase con el visto bueno del Lloyd's si se pretendía firmar los documentos legales en el plazo estipulado.

—Esperen aquí —les dijo Eduardo a sus colaboradores antes de regresar al comedor sin compañía, el largo télex ondeando tras él. Rodrigues lo vio acercarse con apremio a su mesa.

—Da la impresión de que le hubiera surgido un problema.

—Así es —afirmó Eduardo—. Lea.

Manuel estudió el mensaje con ojo experto, fijándose en los puntos más relevantes. Él también se había presentado a la licitación del tramo amazónico y aún recordaba los detalles. Ante la insistencia de Eduardo, repasó la página siete.

—Malditos cuatreros mexicanos —dijo al devolverle el télex a Eduardo—. ¿Quiénes se piensan que son, para dictarle a Eduardo de

Silveira cómo tiene que llevar sus negocios? Respóndales cuanto antes y déjeles claro que es el presidente de la mayor compañía constructora del mundo, y que se pueden pudrir en el infierno si pretenden que acepte sus patéticas condiciones. Sabe que es tarde para que saquen otra vez a licitación los tramos de la autopista donde están a punto de iniciarse las obras. Perderían millones. Déjelos en evidencia, Eduardo.

—Supongo que tiene razón, Manuel, pero ahora cualquier retraso me saldría muy caro en términos de tiempo y dinero, así que prefiero plegarme a sus exigencias y buscar un socio.

—Es imposible que encuentre a nadie con tan poca antelación.

—Quizá ya lo haya encontrado.

—¿Sí? ¿Y quién es?

Eduardo de Silveira titubeó solo por un instante.

—Usted, Manuel. Me complacería ofrecerle a Rodrigues International S. A. el cincuenta por ciento del contrato por el tramo de la Amazonia.

Manuel Rodrigues miró a la cara a Eduardo. Era la primera vez que no había previsto la próxima jugada de su viejo enemigo.

—Supongo que será la mejor forma de cobrarme los millones que le he ganado al tenis de mesa.

Ambos se rieron. Rodrigues se levantó y entonces se estrecharon la mano con solemnidad. De Silveira salió del comedor a la carrera y redactó un télex para que el gerente lo transmitiera.

—Firmad, aceptad condiciones, socio al cincuenta por ciento será Rodrigues International Construction S. A., Brasil.

—Si envío este mensaje, señor, ¿comprende que es legalmente vinculante?

—Envíelo —se limitó a responder Eduardo.

A continuación, regresó al comedor, donde Manuel había hecho sacar el mejor champán del hotel. Se disponían a pedir una segunda botella, mientras cantaban una animada versión de *Está chegando a hora*, cuando el secretario de Eduardo apareció de nuevo junto a este, ahora con dos télex, uno del presidente del Banco do Brasil y el otro de su hermano Carlos. Ambos solicitaban que les confirmara la decisión del socio elegido para el proyecto del tramo de la Amazonia. Eduardo descorchó la botella sin molestarse en mirar al secretario.

—Confírmeles al presidente del banco y a mi hermano que me refiero a Rodrigues International Construction —dijo mientras llenaba la copa vacía de Manuel—. Y no me incordien más esta noche.

—Sí, señor —respondió el ayudante, que se retiró sin hacer más comentario.

Ninguno de los dos recordaba a qué hora se echó a dormir aquella noche, pero al amanecer De Silveira vio su plácido sueño interrumpido de súbito por su secretario. Eduardo necesitó unos minutos para asimilar la noticia: habían capturado al teniente coronel Dimka en Kano a las tres de la madrugada, y ahora todos los aeropuertos habían recuperado su actividad cotidiana. Eduardo descolgó el teléfono y pulsó tres números.

—Manuel, ¿ha escuchado el boletín?… Bien… Entonces tendrá que volver conmigo en el 707, o de lo contrario podría tardar días en salir… Dentro de una hora en el vestíbulo… Hasta ahora.

A las nueve menos cuarto alguien llamó con delicadeza a la puerta, y cuando el secretario de Eduardo se asomó a la entrada, se encontró con el coronel Usman en posición de firmes, como era costumbre en él hasta el día del golpe. Traía una nota en la mano. Cuando Eduardo rasgó el sobre, encontró una invitación para almorzar ese mismo día con el nuevo jefe del Estado, el general Obasanjo.

—Transmítale mis disculpas a su presidente —dijo Eduardo—, y si es tan amable, explíquele que tengo asuntos muy urgentes que atender en mi país.

El coronel se retiró con renuencia. Eduardo se puso el traje, la camisa y la corbata que llevaba el día que llegó a Nigeria, y cogió el ascensor para bajar al vestíbulo, donde se encontró con Manuel, quien había recuperado sus tejanos y su camiseta habituales. Los magnates dejaron el hotel y, cuando hubieron ocupado el asiento trasero del primer Mercedes, los seis vehículos del convoy emprendieron la marcha hacia el aeropuerto. El coronel, que iba sentado junto al chófer, no se aventuró a dirigirse a ninguno de los eminentes brasileños en todo el trayecto. Como le diría más tarde al nuevo presidente, se les veía enfrascados en una conversación sobre las obras de una carretera de la Amazonia y el modo en que sus respectivas compañías se repartirían las responsabilidades.

Puesto que ninguno de los dos llevaba equipaje, se ahorraron el paso por la aduana, y así la hilera de coches se detuvo junto al 707 azul y plateado de Eduardo. Los equipos de ambas empresas embarcaron por la sección posterior de la aeronave, muy metidos también en sus conversaciones sobre el tramo amazónico.

El cabo bajó del primer coche y abrió la puerta trasera para que los empresarios accedieran directamente a las escaleras de la parte frontal del avión.

Cuando Eduardo se apeó del Mercedes, el chófer nigeriano lo saludó con formalidad.

—Adiós, señor —dijo, descubriendo de nuevo su ancha y blanquísima dentadura.

Eduardo no le respondió.

—Espero —añadió el cabo educadamente— que haya hecho grandes negocios durante su estancia en Nigeria.

EL PRIMER MILAGRO

Mañana comenzaría el año 1 d. C., pero nadie se lo había dicho.

Si lo hubieran avisado, no lo habría entendido, ya que para él corría el año 43 del régimen del emperador y, en cualquier caso, tenía otras cosas en las que pensar. Su madre aún estaba enfadada con él, que confesaba haber sido un poco travieso aquel día, incluso para lo que cabía esperar de un muchacho de trece años. No pretendía que se le cayera el cántaro cuando su madre lo mandó a recoger agua al pozo. Al llegar a casa, intentó explicarle que no era culpa suya si se había tropezado con una piedra, y al menos eso sí era cierto. Lo que no le había dicho era que tropezó cuando estaba persiguiendo a un perro callejero. Y después estaba lo de la granada; ¿cómo iba él a saber que era la última, y que su padre se había aficionado a comerlas? Ahora el muchacho temía que su padre regresase, porque casi con toda seguridad le daría otra paliza. Todavía se acordaba de la última, cuando se pasó dos días muriéndose del dolor cada vez que se sentaba, y de las finas cicatrices rojas, que no desaparecieron del todo hasta tres semanas más tarde.

Se había sentado en el alféizar de la ventana, en un rincón penumbroso de su aposento, para ver si se le ocurría alguna manera de que su madre lo perdonara, ahora que lo había echado de la cocina. «Salte fuera a jugar», le había insistido cuando se manchó la túnica con aceite de freír. Pero la idea no le interesaba demasiado, dado que únicamente le permitían jugar a solas. Su padre le había prohibido que se mezclara con los niños del lugar. ¡Cómo odiaba este país! Ojalá estuviera en casa con sus amigos, así podría hacer muchas más cosas. En fin, solo tres semanas más y podría… La puerta se abrió de improviso y su madre se plantó en medio del aposento. Llevaba puesta la fina indumentaria negra que los lugareños vestían en todo momento; así no pasaba tanto calor, le había explicado al padre del muchacho. Como no recibiera más que un gruñido de desaprobación por respuesta, siempre se ponía el vestido imperial antes de que su marido regresara al atardecer.

—Ah, aquí estás —le dijo al ovillo en que se había recogido el muchacho.

—Sí, madre.

—En las nubes, como siempre. Pues espabila porque tienes que ir al pueblo a comprar comida.

—Sí, madre, ahora mismo voy —dijo el muchacho al tiempo que bajaba del alféizar de un salto.

—Muy bien, pero al menos espera hasta que te diga lo que quiero.

—Perdón, madre.

—Ahora escúchame, y presta mucha atención. —Empezó a contar con los dedos mientras hablaba—. Tienes que traer un pollo, y también pasas, higos, dátiles y… ah, sí, dos granadas.

El muchacho se ruborizó al oír mencionar las granadas y ancló la mirada en el suelo, con la esperanza de que su madre se hubiera olvidado. La mujer introdujo la mano en la bolsa de cuero que llevaba colgada a la cintura y extrajo dos monedas, pero antes de dárselas, le pidió a su hijo que repitiese el recado.

—Un pollo, pasas, higos, dátiles y dos granadas —recitó como si se tratara de aquel poeta moderno, Virgilio.

—Y cuenta bien el cambio —añadió ella—. Ten siempre presente que los lugareños son unos estafadores.

—Sí, madre… —Por un momento, el muchacho titubeó.

—Si no te olvidas de nada y traes el cambio correcto, puede que se me pase decirle a tu padre lo del cántaro roto y lo de la granada.

El muchacho sonrió, se guardó las dos moneditas de plata en un bolsillo de la túnica y salió a la plaza de la fortificación a la carrera. El guardián de la salida retiró la gran tranca de madera que mantenía cerrado el portalón. El muchacho se escurrió por la rendija y sonrió al guardián.

—¿Ya has vuelto a meterte en líos? —le gritó el vigilante.

—No, esta vez no —respondió el muchacho—. Voy a ganarme la redención.

Se despidió del hombre con la mano y aligeró el paso de camino al pueblo mientras tarareaba una melodía que le recordaba a su tierra. Se mantuvo en el centro de la vereda polvorienta que los lugareños tenían el valor de llamar camino. Se pasó la mitad del trayecto sacándose guijas de las sandalias. Si a su padre lo hubieran destinado aquí más tiempo, habría hecho muchos cambios, y así habrían tenido un camino de verdad, recto y lo bastante ancho para dar cabida a un carro. Pero no antes de que su madre ajustase cuentas con las criadas; ninguna de ellas sabía vestir la mesa ni preparar la comida sin ponerlo todo perdido. Era la primera vez que veía a su madre pisar una cocina, pero no le cabía la menor duda de que también sería la última, porque regresarían a casa en cuanto su padre terminara su labor aquí.

El sol del atardecer alumbraba sus pasos; era un enorme sol rojo, igual de rojo que la túnica de su padre. El calor que irradiaba le hacía sudar, cada vez más necesitado de algo con lo que saciar su sed. Quizá con el dinero que le sobrase pudiera comprar una granada para él. Estaba deseando volver a casa con una para enseñársela a sus amigos y decirles lo mucho que llegaban a crecer en esta tierra de bárbaros.

Seguramente Marcus, su mejor amigo, también las habría visto así de grandes porque su padre había comandado un ejército en esta región, pero los demás se quedarían fascinados.

El pueblo al que su madre lo había mandado quedaba a solo tres kilómetros de la fortificación y la vereda polvorienta bordeaba una colina que se levantaba sobre un profundo valle. El camino empezaba a llenarse de transeúntes que buscarían algún alojamiento en el pueblo. Todos habían bajado de las colinas por orden expresa de su padre, cuya autoridad le había sido conferida por el mismísimo emperador. Cuando cumpliera dieciséis años, también él serviría al emperador. Marcus quería ser soldado y conquistar el resto del mundo, pero a él le interesaba más aprender leyes y enseñarles las costumbres de su país a los salvajes de las tierras ignotas.

«Yo los conquistaré y después tú los gobernarás», había dicho Marcus en cierta ocasión.

«Un razonable equilibrio entre la inteligencia y la fuerza bruta», le respondió él a su amigo, que, lejos de parecer impresionado, lo tiró a las termas más cercanas.

El muchacho avivó el paso, pues sabía que debía estar de regreso en la fortificación antes de que el sol se ocultase tras las colinas. Su padre le había repetido hasta la saciedad que debía guarecerse dentro antes de que anocheciera. Tenía claro que su padre no gozaba de gran popularidad entre los lugareños; de hecho, siempre le decía que no le pasaría nada mientras fuese de día, ya que nadie se atrevería a hacerle ningún daño cuando otros podían ver qué estaba pasando, pero una vez que oscurecía, cualquier eventualidad era posible. De una cosa sí estaba seguro: de mayor no quería ni ser recaudador de impuestos ni trabajar en la oficina del censo.

Cuando entró en el pueblo vio que en las callejuelas que se retorcían entre las pequeñas edificaciones blancas estaban agolpados los transeúntes que habían llegado de las aldeas circundantes por orden de su padre para registrarse en el censo, procedimiento mediante el cual se les empezaría a cobrar impuestos. El muchacho ignoró a los plebeyos, que era el nombre por el que Marcus le había dicho que debía llamar a los forasteros. Una vez que accedió al mercado, también a Marcus se lo sacó de la cabeza, decidido a concentrarse en el recado de su madre. Esta vez tenía que pensar muy bien lo que hacía, pues si no, nada ni nadie lo librarían de los azotes de su padre. Culebreó aprisa entre los puestos, examinando las mercancías con cuidado. Algunos de los lugareños se quedaron mirando al muchacho pálido de rizos castaños y nariz recta y firme. No adolecía de ninguna imperfección ni enfermedad, al contrario que la mayoría de la plebe. Otros evitaban mirarlo; al fin y al cabo, procedía de la tierra de los gobernantes naturales. Pero no era eso lo que ocupaba ahora sus pensamientos. Lo único en lo que se fijaba era la piel de la gente, reseca y arrugada a causa del exceso de sol. Sabía que pasar demasiado tiempo bajo su luz resultaba perjudicial; te hacía envejecer antes de tiempo, le había advertido su tutor.

Al llegar al último puesto, el muchacho se fijó en una anciana que estaba regateando el precio de un pollo vivo inusualmente rechoncho, y que en cuanto vio que el muchacho se le acercaba, se alejó despavorida, dejando atrás al ave. El muchacho miró al dueño del puesto y se negó a discutirle el precio, ¡habría sido indigno de él! Señaló al animal y le entregó un denario al campesino. Este mordió la monedita redonda de plata y examinó la cabeza de César Augusto, gobernador de medio mundo. (Cuando durante una lección de historia su tutor le habló sobre los logros del emperador, él pensó: «Espero que César no termine de conquistar el mundo antes de que yo pueda unirme a él».) El dueño del puesto no dejaba de mirar la moneda de plata.

—No te entretengas, no tengo todo el día —lo apremió el muchacho con el mismo tono que habría empleado su padre.

El lugareño no le respondió, puesto que no hablaba su idioma. Lo único que sabía era que no le convenía importunar al invasor.

Así, el campesino agarró al pollo con firmeza por el pescuezo y, sirviéndose de un cuchillo que se sacó del cinturón, le cortó la cabeza de un tajo y le entregó el cuerpo inerte al muchacho. A continuación, le devolvió algunas monedas de las que se utilizaban en la región, las cuales llevaban estampado el retrato de un hombre al que el padre del muchacho llamaba «el inútil de Herodes». El muchacho mantuvo la mano extendida con la palma vuelta hacia arriba, hasta que el lugareño hubo depositado en ella cuantos talentos de bronce le quedaban. Cuando le hubo arrebatado todo el cambio, el muchacho se dirigió a otro puesto, y esta vez señaló unos sacos que contenían pasas, higos y dátiles. El comerciante le tendió una bolsa de cada, y a cambio recibió cinco monedas del inútil de Herodes. El hombre iba a expresar su disconformidad con el negocio pero entonces el muchacho lo miró fijamente a los ojos, tal y como había visto hacer a su padre tantas veces. El comerciante se retiró y se limitó a agachar la cabeza.

Bien, ¿qué más le había encargado su madre? Se devanó los sesos. Un pollo, pasas, dátiles, higos y… ¡ah, sí!, dos granadas. Se paseó entre los puestos de fruta y una vez que hubo elegido tres granadas, partió una de ellas y empezó a comérsela, escupiendo las pepitas a sus pies. Pagó al frutero con los dos talentos de bronce que le quedaban, satisfecho por haber respetado la voluntad de su madre y además poder volver a casa con uno de los denarios de plata. Incluso su padre se sentiría orgulloso. Terminó de comerse la granada y, con los brazos cargados, se alejó del mercado poco a poco de regreso a la fortificación, intentando zafarse de los perros callejeros que una y otra vez se escurrían entre sus pies. Le ladraban y, a veces, incluso le tiraban mordiscos a los tobillos, ya que no lo conocían.

Cuando llegó al límite del pueblo, observó que el sol casi se había hundido tras la colina más elevada, de modo que aceleró el paso, recordando lo que su padre le había dicho sobre lo de estar en casa antes de que anocheciera. Según avanzaba por la vereda pedregosa, los transeúntes que seguían llegando al pueblo se mantenían apartados de él en señal de respeto, lo que despejaba por completo su campo de visión, que por otro lado no era tan amplio a causa de los bultos que sostenía entre los brazos. Pero algo que sí vio un poco más adelante fue un hombre con barba (una costumbre sucia propia de holgazanes, le había dicho su padre) que, por los harapos que llevaba, debía de pertenecer a la tribu de Jacob, y que venía tirando de un burro obstinado, a cuyos lomos viajaba una mujer de barriga abultada. Esta, tal y como exigían sus costumbres, vestía unos ropajes negros que la cubrían de la cabeza a los pies. El muchacho iba a ordenarles que abrieran paso cuando, de pronto, el hombre dejó al burro en el margen del camino y entró en una edificación que, según el letrero de la puerta, servía como posada.

En su tierra, los consejeros jamás habrían permitido que en una choza semejante se cobrara a los viajeros por cobijarse bajo su techo. Pero el muchacho sabía que, durante esta semana en concreto, encontrar siquiera una esterilla donde apoyar la cabeza podía considerarse un lujo. Momentos después, vio salir al hombre de la barba con semblante abatido. Era obvio que no quedaba sitio para ellos en la posada.

El muchacho, que ya se imaginaba este desenlace, se preguntó qué haría el hombre ahora, puesto que no había más hospedajes por el camino. Tampoco era que le preocupase demasiado; por lo que a él respectaba, podían pasar la noche a la intemperie. De hecho, eso era a lo que más parecía corresponderles. El hombre le dijo algo a la mujer, señaló la parte de atrás de la posada y, sin añadir nada más, tiró del burro hacia allí. El muchacho se preguntó qué podría haber al otro lado de la choza y, espoleado por la curiosidad, decidió seguirlos. Cuando llegó a la esquina de la edificación, vio al hombre intentando hacer pasar al burro por la puerta de lo que parecía un granero. Se acercó un poco más y los observó por la rendija de la puerta entornada. El pesebre estaba alfombrado de paja sucia y lleno de gallinas, ovejas y bueyes, y en opinión del muchacho olía como los albañales que bordeaban los callejones de su tierra. Se le revolvió el estómago. El hombre retiró la paja más mugrienta del centro del pesebre en un intento de adecentar un hueco donde pudieran echarse, una tarea casi imposible, a juicio del muchacho. Cuando el hombre hubo hecho todo lo que podía, ayudó a la mujer de la barriga abultada a bajar del burro y a tenderse con cuidado sobre la paja limpia. A continuación, se acercó a un abrevadero del fondo, del que uno de los bueyes estaba bebiendo. Formó un cuenco con las manos, las introdujo en el cajón y, una vez que las hubo llenado de agua, regresó con la mujer.

Cada vez más aburrido, el muchacho iba a marcharse cuando la mujer se inclinó hacia delante para beber de las manos del hombre. En ese momento, se le escurrió el velo, y el muchacho pudo verle el rostro por primera vez.

Embelesado, no logró apartar los ojos de ella. Era lo más hermoso que había visto nunca. Al contrario de lo que era normal entre los de su tribu, su tez se antojaba traslúcida y los ojos le centelleaban, pero lo que más deslumbró al muchacho fue su ademán y su presencia. Jamás había experimentado tal arrobamiento, ni siquiera cuando visitó la cámara del Senado para oír una declamación de César Augusto.

Por un momento, permaneció obnubilado, pero después supo lo que debía hacer. Cruzó la puerta entornada y se acercó a la mujer, se postró de rodillas ante ella y le ofreció el pollo. Al verla sonreír, le entregó también las granadas, que le valieron una nueva sonrisa. A continuación, depositó las demás viandas a su lado, pero la mujer guardó silencio. El hombre de la barba regresó con más agua y, al ver al joven extranjero, hincó las rodillas en el suelo, derramando el agua en el manto de paja, tras lo que se cubrió la cara. El muchacho se mantuvo arrodillado un instante más, hasta que se levantó y se dirigió despacio hacia la salida del pesebre. Al llegar a la puerta, se giró para admirar por última vez el rostro de la mujer hermosa. Esta insistió en su mudez.

El joven romano titubeó apenas un momento y, al cabo, inclinó la cabeza.

Ya había oscurecido cuando regresó al sendero sinuoso que conducía a casa, pero no tenía miedo. Más bien, estaba convencido de que había obrado bien y, por lo tanto, no podría ocurrirle nada malo. Miró al cielo del oriente y vio que justo por encima de él pendía la primera estrella, la cual rielaba con tal intensidad que le hizo preguntarse por qué no se veía ninguna otra. Su padre le había explicado que en cada país se observaban diferentes estrellas, por lo que, en vez de profundizar en aquella cuestión, comenzó a angustiarse por no haber vuelto a casa a tiempo. Ya no había nadie más transitando por el camino, lo que le permitiría llegar antes a la fortificación, de la que no se encontraba tan lejos cuando oyó unos cánticos entremezclados con una gritería. Se volvió aprisa para ver de dónde procedía el alboroto y miró hacia las colinas que se erigían sobre él. Al principio, apenas distinguía nada. Momentos después, divisó incrédulo un campo donde los pastores saltaban una y otra vez al tiempo que cantaban, gritaban y daban palmas. El muchacho reparó en que las ovejas se encontraban agrupadas al fondo del campo, donde pasarían la noche alejadas de todo peligro, de modo que no tenían nada que temer. Marcus le había dicho que a veces los pastores de esta tierra montaban bulla al caer la noche porque creían que así espantaban a los malos espíritus. Cómo podían ser tan necios, se preguntó el muchacho, cuando de pronto un resplandor se propagó por la bóveda celeste y los campos se inundaron de luz. Los pastores se dejaron caer de rodillas, enmudecidos de súbito, y mantuvieron la mirada fija en el cielo durante varios minutos, como si estuvieran escuchando algo con toda su atención. Por último, la oscuridad se impuso de nuevo.

El muchacho echó a correr hacia la fortificación tan rápido como le permitían las piernas; no veía el momento de entrar, oír cerrarse la sólida puerta y ver al centurión asegurar la tranca de madera en su sitio. No habría interrumpido su carrera si no hubiera vislumbrado algo que lo hizo detenerse en seco. Su padre le había enseñado a no mostrar temor ante el peligro. Contuvo la respiración para que no creyeran que tenía miedo. Y claro que lo tenía, pero continuó andando con actitud orgullosa, sin la menor voluntad de apartarse para cederle el paso a nadie. Cuando se encontró cara a cara con los otros transeúntes, se quedó atónito.

Ante él se alzaban tres camellos, a cada uno de los cuales montaba a horcajadas un hombre que lo miraba atentamente. El primero de ellos, todo engalanado de oro, protegía con un brazo algo que llevaba oculto bajo la capa. De su cintura colgaba una voluminosa espada, la vaina repujada de toda suerte de piedras preciosas, algunas de las cuales el muchacho no acertaba a identificar. El segundo iba vestido de blanco y portaba un cofrecillo de plata apretado contra el pecho, mientras que el tercero vestía de rojo y cargaba con una enorme caja de madera. El que lucía las túnicas de oro levantó la mano y se dirigió al muchacho en una lengua que este no había oído hablar hasta ahora, ni siquiera a su tutor. El segundo lo intentó en hebreo, aunque en vano, y el tercero eligió otro idioma, con el que tampoco extrajo respuesta alguna del muchacho.

El joven romano se cruzó de brazos y les dijo quién era y adónde iba, y también les preguntó por su destino. Confió en que su voz aguda no revelase su temor. El jinete de las túnicas de oro tomó la palabra y le hizo una pregunta al muchacho en su idioma.

—¿Dónde encontraremos al que ha nacido rey de los judíos? Pues hemos avistado su estrella en el oriente, y venimos a adorarlo.

—El rey Herodes vive al otro lado de…

—No hablamos del rey Herodes —intervino el segundo—, pues este tan solo es rey para los hombres, al igual que nosotros.

—Hablamos —aclaró el tercero— del rey de reyes, y venimos a traerle presentes de oro, incienso y mirra.

—No sé quién será ese rey de reyes —dijo el muchacho, cada vez más envalentonado—. Yo solo reconozco la autoridad de César Augusto, emperador del mundo conocido.

El hombre de las túnicas de oro meneó la cabeza y, señalando el cielo, le preguntó al muchacho:

—Puedes ver la estrella que relumbra en el oriente. ¿Cómo se llama el pueblo al que entrega su esplendor?

El muchacho miró la estrella y, en efecto, el pueblo que había justo debajo podía verse aún mejor que a plena luz del día.

—Eso solo es Belén —respondió el joven romano con una risa—. Ahí no encontraréis a ningún rey de reyes.

—También ahí podríamos encontrarlo —opuso el segundo jinete—, o acaso no nos anunciara el sumo sacerdote de Herodes:

Y tú, Belén, en la tierra de Judá,
No cuentas menos entre los príncipes de Judá,
Pues de tu entraña vendrá el gobernador
Que regirá sobre mi pueblo, Israel.

—Eso no puede ser —negó el muchacho casi a voz en cuello—. César Augusto es quien gobierna Israel y todo el mundo conocido.

Los engalanados viajeros, no obstante, desoyeron su protesta y reanudaron la marcha de camino a Belén.

Desconcertado, el muchacho se dispuso a recorrer el último trayecto hasta casa. Aunque el cielo se hubiera vuelto de un negro opaco, cada vez que dirigía la mirada hacia Belén, seguía viendo el pueblo con toda claridad gracias al resplandor de la estrella. De nuevo, echó a correr hacia la fortificación, aliviado al divisar su perfil recortado ante sí. Cuando llegó al portalón de madera, lo aporreó una y otra vez con todas sus fuerzas hasta que un centurión, espada y antorcha en ristre, salió a ver quién osaba perturbar su guardia. Al ver al muchacho, frunció el ceño.

—Tu padre ha montado en cólera. Regresó al ponerse el sol y está a punto de mandar una partida en tu busca.

El muchacho pasó a su lado como una exhalación y no paró de correr hasta que llegó a las dependencias de su familia, donde su padre le estaba dando instrucciones a un sargento de la guardia. Junto a él, su madre lloraba.

El padre se giró al ver entrar a su hijo, al que gritó:

—¡¿Dónde te habías metido?!

—En Belén.

—Sí, eso ya lo sé, ¿pero por qué has vuelto tan tarde? ¿No te he dicho una y mil veces que tienes que estar dentro de la fortificación antes de que anochezca? Ven ahora mismo a mi despacho.

El muchacho miró impotente a su madre, que seguía sollozando, aunque no de alivio, y giró sobre los talones para seguir a su padre hasta el despacho. El sargento de la guardia le guiñó un ojo cuando pasó junto a él, pero el muchacho sabía que ya nadie podría salvarlo. Su padre entró en el despacho dando furiosas zancadas y se sentó en un taburete de cuero que había al lado del escritorio. Su madre se acercó y observó la escena en silencio desde la entrada.

—Ahora dime dónde has estado exactamente y por qué te has retrasado tanto, y más te vale contarme la verdad.

El muchacho se colocó delante de su padre y le relató todo lo que le había ocurrido. Empezó por cuando llegó al pueblo y eligió los distintos alimentos con todo el cuidado del mundo, sin olvidarse de señalar que le había sobrado la mitad del dinero que su madre le había confiado. A continuación, le habló de la mujer de barriga abultada que viajaba a lomos de un burro y que no encontró alojamiento en la posada; y también explicó por qué le había dado la comida. Después describió cómo los pastores empezaron a gritar y a golpearse el pecho, hasta que una luz cegadora rasgó el cielo, momento en que enmudecieron y se postraron de rodillas; y, por último, detalló el encuentro con los tres jinetes de las túnicas, quienes buscaban al rey de reyes.

El padre se enfureció aún más al escuchar los motivos de su hijo.

—¡Qué historia tan apasionante! —exclamó—. Pero, dime, ¿encontraste a ese rey de reyes?

—No, señor. No lo encontré —respondió el muchacho, que miró a su padre cuando este se levantó y empezó a caminar en círculos por el despacho.

—Quizá la razón por la que traes la cara y las manos manchadas de zumo de granada sea mucho más sencilla —sugirió.

—No, padre. Sí que pedí una granada más, pero, aunque ya hubiera comprado toda la comida, todavía me sobraba un denario de plata.

El muchacho le devolvió la moneda a su madre, convencido de que así confirmaría la veracidad de su relato. Esto, sin embargo, solo sirvió para agravar la ira de su padre, que dejó de dar vueltas para mirarlo a los ojos.

—¿Te has gastado el otro denario en caprichos en lugar de sacarle el debido provecho?

—No, padre, eso no es cierto, me…

—Entonces te concederé una última oportunidad para que me cuentes la verdad —le dijo su padre mientras volvía a sentarse—. Si me decepcionas, hijo mío, te daré tal paliza que no la olvidarás en toda tu vida.

—Ya te he contado la verdad, padre.

—Escúchame bien: nacimos romanos, llegamos a este mundo para gobernarlo porque la solidez de nuestras leyes y costumbres está más que probada, y la máxima de nuestros actos ha sido siempre la honestidad plena. Los romanos no mentimos nunca: ahí reside tanto nuestra fuerza como la debilidad de nuestros enemigos. Es la razón por la que nosotros gobernamos y por la que los demás son gobernados, y mientras siga siendo así, el Imperio romano no caerá. ¿Entiendes lo que te digo, hijo mío?

—Sí, padre, lo entiendo.

—Entonces entenderás por qué es fundamental que me cuentes la verdad.

—Pero no te he mentido, padre.

—En ese caso, no albergues más esperanzas —dijo el hombre furibundo—. No me has dado alternativa.

La madre del muchacho quiso interceder por su hijo, pero sabía que de nada le serviría protestar. El padre se levantó, se sacó el cinturón de cuero y juntó los extremos para plegarlo, de tal modo que los gruesos tachones de latón quedaran por fuera. Después le ordenó a su hijo que se inclinara hasta tocarse las puntas de los pies. Cuando el muchacho obedeció sin titubear, el padre levantó la correa de cuero por encima de su cabeza y la descargó contra el pequeño con todas sus fuerzas. Aunque el muchacho resistió sin estremecerse ni articular quejido alguno, su madre tuvo que apartar la vista, incapaz de contener el llanto. Cuando el padre le hubo asestado el duodécimo azote, le ordenó que se retirase a su aposento. El muchacho salió sin mediar palabra, seguido de su madre, que lo vio subir las escaleras. Sin perder un instante, la mujer corrió a la cocina y cogió un poco de aceite de oliva y distintos ungüentos, con los que esperaba aliviarle el dolor que las heridas le estarían produciendo. Subió con los frascos al aposento del muchacho, donde lo encontró acostado. Se sentó a su vera y retiró la sábana. El muchacho se colocó boca abajo mientras ella preparaba los aceites. Seguidamente, la mujer le remangó el camisón con cuidado para no causarle más molestias. Cuando le hubo descubierto el cuerpo, se lo examinó atónita.

El muchacho no tenía el menor rasguño.

La mujer deslizó los dedos delicadamente por el cuerpo ileso de su hijo y comprobó que la piel estaba tan tersa como si acabara de tomar un baño. Lo ayudó a girarse, pero no vio ningún tipo de señal. Por último, lo tapó de nuevo con la sábana.

—No le digas nada a tu padre, y olvídate de todo esto para siempre, porque si se lo cuentas, se pondrá aún más furioso.

—Sí, madre.

La mujer se inclinó y apagó la vela que ardía junto a la cama, recogió los aceites que no había llegado a usar y se dirigió con sigilo hacia la salida. Al llegar a la puerta, se volvió bajo la luz tenue para mirar a su hijo y susurrarle:

—Ahora sé que decías la verdad, Poncio.

EL PERFECTO CABALLERO

Nunca habría conocido a Edward Shrimpton si no le hubiera hecho falta una toalla. Estaba desnudo a mi lado, con la mirada puesta en el banco que tenía ante sí, mascullando:

—Juraría que había dejado ahí ese dichoso trapo.

Yo acababa de salir de la sauna, envuelto en varias toallas, así que cogí la que llevaba al hombro y se la ofrecí. Me dio las gracias y me tendió la mano.

—Edward Shrimpton —se presentó con una sonrisa. Acepté el saludo y me pregunté lo que debíamos de parecer, allí, en medio del vestuario del gimnasio del Metropolitan Club, cuando transcurrían las últimas horas de la tarde, dos adultos que se estrechaban la mano desnudos.

—No recuerdo haberlo visto por el club —añadió.

—No, soy un socio extranjero.

—Ah, de Inglaterra. ¿Qué lo trae por Nueva York?

—Ando a la caza de una novelista americana a la que mi editorial querría publicar en Inglaterra.

—¿Y ha tenido suerte?

—Sí, creo que podré cerrar el trato esta semana, si es que su agente deja de intentar convencerme de que su representada es una mezcla de Tolstoi y Dickens a la que habría que remunerar en consecuencia.

—A ninguno de los dos les pagaban una fortuna, si no recuerdo mal —observó Edward Shrimpton mientras se frotaba la espalda enérgicamente con la toalla.

—Eso mismo le recordé al agente, quien se limitó a responderme que precisamente mi editorial fue la primera en publicar a Dickens.

—Le sugeriría —dijo Edward Shrimpton— que usted le recuerde a él que el resultado fue muy provechoso para todos los implicados.

—Así hice, pero me temo que a este agente le interesan más los beneficios por adelantado que los que pueda abonar la posteridad.

—Como banquero que soy, esa es una postura que me costaría refutar, ya que lo único que podemos tener en común con una editorial es que nuestros clientes siempre están intentando vendernos una buena historia.

—Entonces, quizá no le importaría sentarse a escribir una de esas historias para mí —lo invité cortésmente.

—No lo quiera Dios. Estará usted más que cansado de oír que hay un libro en cada uno de nosotros, por lo que desde ya le aseguro que no es mi caso.

Me permití una risa, pues celebré el hecho de que al fin había conocido a alguien que admitía que sus memorias, de tener tiempo para escribirlas, no serían de inmediato un éxito de ventas mundial.

—Quizá sí que haya un buen libro en usted, solo que todavía no lo sabe —teoricé.

—Si así fuese, debo de haberlo extraviado.

El señor Shrimpton volvió a salir de detrás de la hilera de taquillas de hojalata, a donde se había retirado por un momento, y me devolvió la toalla. Ahora estaba completamente vestido, y a ojo de buen varón estimé que mediría cerca de metro ochenta. Vestía uno de aquellos trajes de raya diplomática que solían llevar los banqueros de Wall Street y, pese a su calvicie, tenía un físico admirable para andar bien entrado en la sesentena. Solo su denso bigote blanco revelaba su verdadera edad, aunque habría encajado más en el rostro de un coronel inglés jubilado que en el de un banquero neoyorquino.

—¿Se quedará mucho tiempo en Nueva York? —me preguntó a la vez que se sacaba un pequeño estuche de cuero del bolsillo interior de la chaqueta, extraía de él unas gafas semicirculares y se las colocaba en la punta de la nariz.

—Hasta el fin de semana.

—Y, por casualidad, ¿no tendría un hueco para almorzar mañana? —se interesó, mirándome por encima de las gafas.

—Sí, lo tendría. Confieso que no soportaría almorzar ni un día más con ese agente.

—Estupendo, entonces ¿por qué no me acompaña para que pueda saber cómo va la caza de la esquiva escritora americana?

—Y tal vez yo pueda averiguar si de verdad no tiene una buena historia que contar.

—No se haga ilusiones —dijo—. Estaría usted apostando por el caballo perdedor. —De nuevo, me tendió la mano—. A la una en punto en el comedor de los socios, si le viene bien.

—A la una en punto en el comedor de los socios —afirmé.

Cuando salió del vestuario, me acerqué al espejo y me alisé la corbata. Aquella noche había quedado para cenar con Eric McKenzie, un amigo editor, quien en su momento me propusiera como miembro del club. En realidad, Eric McKenzie era más amigo de mi padre que mío. Se conocieron poco antes de que estallara la guerra, cuando ambos se encontraban de vacaciones en Portugal, y una vez que me admitieron en el club, poco después de que mi padre se jubilara, Eric se ofreció a cenar conmigo siempre que visitase Nueva York. Para los de la generación de nuestros padres uno siempre sería un niño necesitado de constantes cuidados y atenciones. Puesto que Eric era coetáneo de mi padre, debía de tener casi setenta años, y aunque fuese duro de oído y estuviera un poco encorvado, siempre hacía gala de su buen humor y lo agradaba a uno con su compañía, pese a que no parase de preguntarme si sabía que su abuelo era escocés.

Cuando me abroché el reloj, vi que apenas faltaban unos minutos para la cita. Me puse la chaqueta y salí al vestíbulo, donde comprobé que ya se encontraba allí, esperándome. Estaba haciendo tiempo leyendo los boletines antiguos del club. Los americanos, concluí, siempre llegaban pronto o tarde, pero nunca a la hora convenida. Me detuve para mirar al anciano encorvado, cuyo cabello, salvo por algunos mechones dispersos, había adquirido el color de la plata. A la chaqueta de su traje de tres piezas le faltaba un botón, detalle que me recordó que su esposa había fallecido el año anterior. Tras saludarnos y estrecharnos la mano, subimos en el ascensor hasta la segunda planta y nos dirigimos al comedor.

El comedor del Metropolitan era como el de cualquier otro club de caballeros. Contaba con un buen número de sillas de cuero antiguas, de alfombras antiguas, de retratos antiguos y de socios antiguos. Uno de los camareros nos acompañó a una mesa que ocupaba un rincón desde el que se veía todo Central Park. Cuando hubimos pedido, nos pusimos a hablar de todos aquellos temas de los que, según me di cuenta, siempre trataba con aquel conocido con el que solo podía ponerme al día un par de veces al año: nuestra respectiva familia, los hijos, las amistades mutuas, el trabajo, el béisbol y el críquet. Cuando llegamos a este último asunto, era el momento de pasar al café, de modo que nos trasladamos al fondo del salón y nos acomodamos en sendos sillones de cuero más que desgastados. Cuando nos sirvieron el café, pedí coñac para los dos y vi como Eric desenvolvía un enorme habano. Pese a la vitola antillana, yo sabía que eran puros cubanos, puesto que yo mismo los había elegido para él en un estanco de St.James's, en Piccadilly, en el cual cambiaban las etiquetas para los clientes americanos. Siempre he sospechado que debía de ser el único establecimiento del mundo donde cambiaban los envoltorios con el único propósito de hacer que un producto superior pareciera inferior. Estaba convencido de que mi vinatero se dedicaba justo a lo contrario.

Mientras Eric porfiaba en encender su habano, entretuve la mirada en un tablero de la pared. En concreto, se trataba de una placa de pulidísima madera con un texto de oblicuos trazos dorados pintado en ella, en honor a los socios que a lo largo de los sucesivos años habían ganado el campeonato de *backgammon* del club. Revisé la lista ociosamente, sin esperar toparme con nadie que me sonase, cuando me llamó la atención el nombre de Edward Shrimpton. En una de las ediciones de finales de los años 30 había quedado subcampeón.

—Qué interesante —dije.

—¿El qué? —preguntó Eric, envuelto ahora en una nube de humo tan densa que se le podría haber confundido con una locomotora recién llegada a la Grand Central Station.

—Edward Shrimpton obtuvo el segundo puesto en uno de los campeonatos de *backgammon* que se celebraron en el club a finales de los años 30. Mañana he quedado para almorzar con él.

—No sabía que se conocieran.

—Nos hemos conocido esta misma tarde —dije, para después explicar las circunstancias del encuentro.

Eric se rio, se volvió hacia el tablero y añadió en un tono misterioso:

—No creo que olvide nunca aquella noche.

—¿Por qué no? —pregunté.

Eric titubeó, sin terminar de decidirse a responder, hasta que al cabo prosiguió.

—Ha llovido mucho desde entonces para que aquello le importe a nadie ahora. —Guardó otra pausa, al tiempo que un racimo de ceniza ardiente se precipitaba al suelo y se sumaba a las quemaduras que conformaban su propio patrón en la alfombra—. Poco antes de la guerra, Edward Shrimpton se contaba entre los mejores jugadores de *backgammon* de todo el globo. De hecho, más o menos por aquel entonces ganó el campeonato del mundo que se celebró en Montecarlo de forma extraoficial.

—¿Y no fue capaz de ganar la competición del club?

—Que «no fue capaz de ganar» no sería la forma más acertada de decirlo, amigo mío. Sería más justo dejarlo sencillamente en que «no ganó». —Eric se sumió en otro silencio meditabundo.

—¿Se animaría a contármelo? —lo insté con la esperanza de que continuase—. ¿O piensa dejarme aquí, preguntándome cómo acabará la fábula?

—Todo a su debido tiempo, pero antes permítame terminar de encender este condenado puro.

Lo observé en silencio, hasta que cuatro cerillas después, dijo:

—Antes de que empiece, fíjese en el hombre que está sentado en aquella esquina, con la jovencita rubia.

Me volví y miré hacia el comedor, donde vi a un hombre atacando un filete. Parecía tener la misma edad que Eric y vestía un elegante traje nuevo con el que no conseguía disimular su problema de sobrepeso —Solo su sastre debía de haberle sonreído al ver el resultado—. Frente a él estaba sentada una muchacha atractiva de complexión leve y cabello rubio fresa que tendría la mitad de años que él y que, de haber pisado un escarabajo, no habría logrado aplastarlo.

—Qué pareja tan curiosa. ¿Quiénes son?

—Harry Newman y su cuarta esposa. Siempre son iguales. Las mujeres, quiero decir, de cabello rubio, ojos azules, cuarenta kilos y cabeza hueca. Nunca entenderé a esos hombres que se divorcian solo para volver a casarse con una fotocopia del original.

—¿Y qué tiene que ver Edward Shrimpton en todo esto? —pregunté, en un intento de que Eric retomase el tema que nos ocupaba.

—Paciencia, paciencia —me pidió mi anfitrión mientras encendía el puro por segunda vez—. A su edad, usted puede permitirse desperdiciar el tiempo mucho más que yo.

Me reí, cogí la copa de coñac que tenía más cerca e hice bailar el licor entre mis manos ahuecadas.

—Harry Newman —continuó Eric, al que la nube de humo había engullido ya casi por completo— fue quien derrotó a Edward Shrimpton en la final del campeonato del club de aquel año, aunque en realidad nunca jugó en la misma liga que Edward.

—Si no le importa explayarse —lo animé a la vez que consultaba el tablero para comprobar si el nombre de Newman precedía al de Edward Shrimpton.

—Bien —comenzó Eric—, tras la semifinal, en la que Edward se impuso sin la menor dificultad, todos dábamos por hecho que disputar la final sería una mera formalidad. Harry siempre había jugado bien pero, como fui yo a quien venció en la semifinal, nunca sospeché que tuviera ninguna oportunidad frente a Edward Shrimpton. La final del club la gana el primero que obtiene veintiún puntos, y si entonces me hubieran pedido mi opinión, habría pronosticado un resultado de veintiuno a cinco a favor de Edward. Condenado puro —dijo, antes de proceder a encenderlo por tercera vez. De nuevo, aguardé impaciente.

—La final siempre se celebra un sábado por la noche, y aquí al pobre Harry —dijo Eric, señalando hacia el fondo del salón con el habano, del que se descolgó otra porción de ceniza—, del que todos creíamos que le iba bastante bien en el negocio de los seguros, le habían comunicado en la mañana del lunes previo a la partida que estaba en la ruina. Además, sin comerlo ni beberlo. Su socio, después de embolsarse la totalidad de los fondos sin decirle nada, se esfumó y le dejó con todas las facturas por pagar. Todo el club se compadeció de él.

»Llegado el jueves, la prensa se interesó por el suceso, que aderezó con el rumor de que la esposa de Harry se había largado con el socio. Harry no apareció por el club en toda la semana, lo que a algunos nos llevó a pensar que se retiraría de la final y dejaría que Edward ganase por incomparecencia, ya que de todas formas el resultado estaba cantado. Pero el comité organizador, con el que Harry no se había puesto en contacto para avisar de que no se presentaría al encuentro, decidió seguir adelante como si no hubiera ocurrido nada. La noche de la final cené con Edward Shrimpton aquí, en el club. Estaba en plena forma. Comió muy poco y no bebió más que un vaso de agua. Si me hubieran preguntado entonces, no habría apostado un penique por Harry Newman ni aunque las apuestas hubieran estado diez a uno.

»Cenamos todos arriba, en la tercera planta, ya que el comité había despejado el comedor para poder sentar a sesenta espectadores, que se distribuirían en un cuadrado alrededor del tablero. El torneo debía empezar a las nueve en punto. A menos veinte ya no quedaba un asiento libre y el resto de socios empezaba a agolparse de pie en torno al cuadrado, porque no todos los días teníamos la oportunidad de ver a un campeón del mundo en acción. A menos cinco Harry aún no había aparecido y algunos empezaban a ponerse nerviosos. A en punto el árbitro se acercó a Edward para hablar con él. Vi que este meneaba la cabeza en señal de protesta y se retiraba. Justo cuando creía que el árbitro se pondría firme y le concedería la victoria a Edward, Harry entró en el comedor con un aspecto de lo más pulcro, engalanado con un esmoquin varias tallas más pequeño que el traje que lleva puesto ahora. Edward fue derecho hacia él, le estrechó la mano con calidez y, el uno junto al otro, se situaron en el centro de la sala. Ya desde el primer lanzamiento de dados se palpaba la tensión. Todos estaban deseando ver cómo se le daba a Harry la jugada de salida.

El intermitente habano volvió a apagarse. Me incliné hacia Eric y le encendí una cerilla.

—Gracias, amigo mío. Bien, ¿por dónde iba? Ah, sí, la salida.

Pues resulta que Edward la ganó por los pelos, lo que me hizo preguntarme si estaría desconcentrado o si se habría relajado en exceso mientras esperaba a su oponente. En la segunda tirada los dados rodaron a favor de Harry, que ganó sin ningún problema. A partir de ahí se enzarzaron en una batalla muy bien librada por ambas partes, y cuando Edward iba ganando por 11-9 la tensión del ambiente se había vuelto casi eléctrica. A partir de la novena jugada empecé a fijarme mejor y noté que Edward se había dejado someter a una estrategia de retaguardia, un pequeño error de cálculo que solo advertirían los jugadores más experimentados. Me pregunté cuántos fallos sutiles más habría cometido sin que yo reparase en ellos. Y así, Harry ganó la novena con un marcador de 18-17 a su favor. Seguí observando todavía con mayor atención y me di cuenta de que Edward no hizo más que lo justo para ganar la décima jugada y, con un doble precipitado, también lo justo para perder la undécima e igualar el marcador a 20, y que así todo dependiera de la siguiente jugada. Le puedo asegurar que aquella noche nadie abandonó el salón en ningún momento, y de los espectadores que formaban el cuadrado, todos estaban sentados al filo de la silla, mientras que de los que permanecían de pie, algunos se habían encaramado a los alféizares de las ventanas. Los vapores de las bebidas y el humo de los puros habían levantado una densa nube que flotaba sobre la sala y, aun así, cuando Harry cogió el cubilete para iniciar la última jugada, se pudo oír como los pequeños dados de marfil entrechocaban antes de golpear el tablero. La puntuación favoreció a Harry en esa última jugada, durante la cual Edward solo cometió un error inocente al principio, al menos que yo me percatase; no obstante, aquel despiste bastó para que Harry ganara la jugada, la partida y el campeonato. Tras el último lanzamiento de dados, todos los presentes, incluido Edward, le dedicaron una sonora ovación al ganador.

—¿Alguien más se dio cuenta de lo que sucedió en realidad durante la partida?

—No, no lo creo —dijo Eric—. Desde luego, Harry Newman no. Después solo se habló de que Harry nunca había jugado tan bien y de que no podía merecerse más aquella victoria, sobre todo considerando la delicada situación en que se hallaba.

—¿Y Edward hizo alguna declaración?

—Que era la partida más difícil que había jugado desde Montecarlo y que solo esperaba poder tomarse la revancha al año siguiente.

—Pero no se la tomó —observé cuando volví a consultar el tablero—. Nunca ganó el campeonato del club.

—Así es. Después de que Roosevelt insistiera en que fuésemos a Inglaterra a ayudarlos a ustedes, el club no volvió a celebrar el torneo hasta 1946, pero para entonces Edward había estado en el frente y ya no se interesó más por el juego.

—¿Y Harry?

—Ah, Harry. Diría que nunca le dio muchas vueltas. Aquella noche debió de cerrar una decena de tratos con otros tantos socios. Al cabo de un año volvía a estar en la cima, y hasta supo buscarse una rubita nueva.

—¿Qué dice Edward sobre aquel resultado ahora, treinta años después?

—¿Se puede creer que eso sigue siendo un misterio? En todo este tiempo no lo he oído hacer una sola mención a aquella partida.

Consumido el puro por completo, Eric apretó la colilla contra el cenicero impoluto. Sin duda, lo interpretó como la señal de que había llegado la hora de retirarse. Cuando se levantó, no sin cierta dificultad, lo acompañé hasta la salida del club.

—Adiós, amigo mío —dijo—. Dele un abrazo a Edward de mi parte cuando almuerce con él mañana. Y no permita que lo rete a una partida de *backgammon*. Aún sería capaz de machacarlo.

Al día siguiente llegué al vestíbulo unos minutos antes de la hora acordada, pues ignoraba si Edward Shrimpton entraba en la categoría de los americanos que se presentaban pronto o en la de los que se presentaban tarde. Justo al dar la una apareció por la puerta —toda regla tenía su excepción—. Decidimos ir directamente al comedor, dado que Edward debía estar de regreso en Wall Street a las dos y media para atender otros compromisos. Cuando subimos al atestado ascensor, pulsé el botón con el número 3. Las puertas se cerraron como un acordeón agotado y el ascensor más lento de toda América emprendió la escalada hasta la segunda planta.

Una vez que accedimos al comedor, me hizo gracia ver que Harry Newman ya estaba allí, atacando otro filete, mientras la rubita menuda picoteaba una ensalada. Harry saludó con efusividad a Edward Shrimpton, que le devolvió el gesto inclinando la cabeza afablemente. Nos sentamos a una de las mesas del centro del comedor y leímos la carta. El plato del día consistía en un pastel de carne y riñones, algo en lo que debían de parecerse la mitad de los clubes de caballeros del mundo. Edward anotó las comandas con letra firme y clara en el papelito blanco que el camarero nos había entregado.

Me preguntó por la escritora en la que yo estaba interesado y me hizo una serie de comentarios agudos sobre sus obras previas, a los que respondí como mejor supe mientras intentaba elaborar alguna treta para que me hablase del campeonato de *backgammon* que se celebró antes de la guerra, en el que yo veía una historia mucho más fascinante que cualquier cosa que aquella mujer hubiera escrito. Pero en ningún momento se centró en sí mismo durante el almuerzo, por lo que empecé a perder toda esperanza. Al cabo, con la mirada puesta en el tablero de la pared, dije con torpeza:

—Veo que quedó subcampeón en el torneo de *backgammon* del club justo antes de la guerra. Debía de ser un gran jugador.

—No, la verdad es que no —respondió—. Por aquel entonces,

apenas había aficionados a ese juego. Pero hoy en día es distinto, hay muchos jóvenes que se lo toman en serio.

—¿Y el campeón? —dije, forzando mi suerte.

—¿Harry Newman? Era un jugador sobresaliente, y se manejaba muy bien bajo presión. Era el caballero que nos ha saludado al vernos entrar, el que está sentado en aquella esquina con su esposa.

Obediente, miré hacia la mesa del señor Newman, pero puesto que mi anfitrión no añadió nada más, desistí. Pedimos el café, y ahí habría terminado la historia de Edward si Harry Newman y su mujer no hubieran venido derechos hacia nosotros cuando terminaron de comer. Edward se levantó mucho antes que yo, pese a los veinte años menos que jugaban a mi favor. De pie, Harry Newman parecía aún más corpulento, y a su lado la rubita menuda, más que su esposa, parecía su postre.

—Ed —dijo con voz resonante—, ¿cómo estás?

—Muy bien, gracias, Harry —respondió Edward—. ¿Puedo presentarte a mi invitado?

—Mucho gusto —dijo Harry—. Rusty, siempre he querido que conozcas a Ed Shrimpton porque llevo toda la vida hablándote de él.

—¿Ah, sí? —pio ella.

—Claro. Acuérdate, cariño. Ed figura ahí, en el tablero conmemorativo del *backgammon* —le explicó él, que señaló la placa con un dedo rechoncho—. Solo hay un nombre por delante del suyo, y ese es el mío. Y eso que entonces Ed era el campeón del mundo. ¿No es así, Ed?

—Así es, Harry.

—Por eso supongo que el campeón del mundo de aquel año tendría que haber sido yo, ¿no te parece?

—Nunca se me ocurriría discutir esa conclusión —convino Edward.

—Aquel gran día, Rusty, ante lo crucial del momento y cuando la presión no podía ser mayor, lo vencí con todas las de la ley.

No pude sino observarlos con muda incredulidad cuando Edward Shrimpton siguió sin manifestar su desacuerdo.

—Deberíamos echar otra partida, Ed, por los viejos tiempos —prosiguió aquella mole de hombre—. Sería divertido comprobar si todavía puedes ganarme. Eso sí, ahora estoy un poco oxidado, Rusty. —«Rusty» también significaba «oxidado», en inglés, y se rio estentóreamente de su propia broma, aunque su mujer permaneció inexpresiva. Me pregunté cuánto faltaba para que hubiera una quinta señora Newman.

—Me ha encantado volver a verte, Ed. Cuídate.

—Gracias, Harry —dijo Edward.

Volvimos a sentarnos mientras Newman y su esposa salían del comedor. Como el café se había enfriado, lo volvimos a pedir. El salón empezaba a vaciarse, y ahora, con las tazas recién servidas entre nosotros, Edward se inclinó hacia mí con aire conspirador y me susurró:

—Esta sí que sería una historia fabulosa para un editor como usted —aseguró—. Me refiero a la verdad sobre Harry Newman.

Agucé el oído, dando por hecho que al fin me relataría su versión de lo que ocurrió en realidad la noche en que se decidió el campeonato de *backgammon* previo a la guerra, más de treinta años atrás.

—¿En serio? —dije con fingida inocencia.

—Ya lo creo —afirmó Edward—. No fue tan sencillo como parece. Justo antes de la guerra, Harry recibió una puñalada por la espalda de su socio, quien no solo le robó el dinero, sino que, por si no tuviera suficiente, también le birló a la mujer. Aquella semana en que se encontraba en sus horas más bajas, ganó el campeonato de *backgammon* del club, superó cuantos obstáculos se le presentaron y, contra todo pronóstico, resurgió de la forma más brillante. Tanto es así que hoy vale una auténtica fortuna. Y bien, ¿no cree que sería un éxito de ventas?

AMOR DE UNA NOCHE

Se conocieron a la edad de cinco años, cuando los pusieron al uno al lado del otro en la escuela, por la única y sencilla razón de que sus apellidos, Thompson y Townsend, se sucedían en la lista de la clase. Pronto trabaron amistad, vínculo que a esa pronta etapa de la vida llega a unir más que el más sólido de los matrimonios. Una vez superado el examen correspondiente a los once años, se matricularon en el instituto, sin que hubiera ningún Timpson, Tooley ni Tomlinson entre ellos y, siete cursos después, llegaron a esa edad en que se ha de elegir entre ponerse a trabajar o entrar en la universidad. Optaron por esto último, convencidos de que la vida laboral era algo que se debía posponer lo máximo posible. Por fortuna para ellos, ambos poseían intelecto e ingenio suficientes para obtener una plaza en la Universidad de Durham, donde cursarían estudios de Lengua Inglesa.

La vida de estudiantes universitarios les resultó tan placentera como la de los párvulos. Disfrutaban aprendiendo inglés, pero también jugando al tenis, al críquet, visitando buenos restaurantes y conociendo chicas. Por suerte, en el último de sus gustos disentían, aunque fuera solo en algunos aspectos. Michael, de metro noventa de estatura, esbelto y de rizado cabello moreno, sentía predilección por las rubias altas de pecho generoso, ojos azules y piernas largas. Adrian, más fornido, de metro setenta y cinco y de pelo liso y acanelado, siempre se decantaba por las morenas menudas y delgadas de ojos negros. De esta manera, cuando Adrian se encontraba con una chica en la que Michael estaba interesado o viceversa, sin importar que la joven fuese universitaria o camarera, el uno siempre exageraba sin ningún comedimiento las virtudes del otro. Así pasaron tres idílicos y armoniosos años en Durham, durante los que obtuvieron mucho más que una licenciatura. Como ninguno de los dos impresionó a los examinadores lo bastante como para invertir dos cursos más desarrollando sus teorías y conseguir el doctorado, les fue imposible seguir zafándose del mundo real.

Por tanto, cargados de esperanzas, se trasladaron a Londres, donde Michael entró en la BBC como aprendiz mientras Adrian firmaba un contrato con Benton&Bowles, una agencia internacional de publicidad, como ayudante de cuentas. Juntos alquilaron un apartamento en Earl's Court Road, que pintaron de naranja y marrón, decididos a llevar la vida de dos jóvenes galanes, pues sin duda ese era el concepto que tenían de sí mismos.

Pasaron dichosamente solteros cinco años más, hasta que cada uno de ellos se enamoró de una chica que reunía todos sus requisitos. Se casaron con escasas semanas de diferencia: Michael con una rubia alta de ojos azules a la que conoció jugando al tenis en el club Hurlingham y Adrian con una ejecutiva morena y delgada de ojos negros que llevaba la cuenta de Kellogg's. El uno ejerció como padrino de boda del otro y cada uno de ellos tuvo tres hijos, que nacieron con solo un año de diferencia, aspecto en el que también divergieron, si bien solo en los detalles, puesto que Michael tuvo dos niños y una niña y Adrian, dos niñas y un niño. El uno fue el padrino del primogénito del otro.

La vida de casados no los separó en modo alguno, ya que se mantuvieron fieles a su rutina y continuaron jugando al críquet los fines de semana durante el verano y al fútbol durante el invierno, y tampoco dejaron de quedar de vez en cuando para almorzar entre semana.

Después de celebrar su décimo aniversario de boda, Michael, que ahora ocupaba un cargo de productor sénior en la Thames Television, le confesó avergonzado a Adrian que había tenido su primera aventura: había sido incapaz de resistirse a los encantos de una rubia alta y rotunda del servicio de mecanografía que pretendía hacer algo más que taquigrafiar a setenta palabras por minuto. Apenas unas pocas semanas más tarde, Adrian, ahora jefe de cuentas sénior en Pearl and Dean, también sucumbió, en su caso con una periodista de Fleet Street que buscaba información privilegiada sobre una de las compañías que él gestionaba. La mujer terminó por convertirse en un recurso desgravable. A partir de ahí, retomaron sus antiguas costumbres. Se ayudaban el uno al otro todo lo que podían, lejos de cualquier conflicto de intereses gracias a sus gustos diferentes. Su vida conyugal no se vio afectada (o al menos eso se aseguraban el uno al otro) y a los treinta y cinco, tras haber superado los agitados años sesenta sin despeinarse, se dispusieron a sacar todo el provecho posible de los setenta.

A principios de esta última década, la Thames Television decidió enviar a Michael a Estados Unidos para que editase un documental de la ABC sobre la vida en Nueva York, que sería visto por el público británico. A Adrian, que siempre había querido visitar la costa este, no le supuso ningún problema planear un viaje al mismo tiempo, con el pretexto de que necesitaba llevar a cabo una investigación a fondo para una tabaquera angloamericana. Así, pasaron una animada semana en Nueva York, cuyo culmen fue la fiesta que celebró la ABC llegada la última noche, durante la que se proyectó la versión del documental sobre la ciudad que había editado Michael, «La Gran Manzana vista por un inglés».

Cuando Michael y Adrian llegaron a los estudios de la ABC, se encontraron con que la fiesta había empezado hacía largo rato, de modo que entraron en el salón con la intención de tomar algo y retirarse pronto antes de regresar a Inglaterra al día siguiente.

La vieron los dos al mismo tiempo.

Era de estatura y complexión normales y tenía los ojos de un delicado color verde y el cabello caoba, una insólita combinación de las fantasías de ambos. Los dos supieron en el acto dónde querían acabar esa noche e, impelidos ambos por una misma idea, se acercaron a ella resueltamente.

—Hola, me llamo Michael Thompson.

—Hola —respondió ella—. Yo soy Debbie Kendall.

—Y yo Adrian Townsend.

La mujer les tendió la mano, que ambos quisieron estrechar al mismo tiempo. Cuando la fiesta llegó a su fin, entre uno y otro habían averiguado que Debbie Kendall era productora de estudio para los informativos nocturnos de la ABC. Estaba divorciada y tenía dos hijos que vivían con ella en Nueva York. Pero el uno no parecía haberla impresionado más que el otro, quizá porque ambos trabajaban con igual empeño por hacerse sombra. El afán con que se daban tono rayaba en lo lamentable y hasta reñían por ir a traerle algo de picar o de beber a su nueva amiga. Si uno se ausentaba un momento, enseguida el otro aprovechaba para hablar de él de una forma tan sutil como dañina.

—Adrian es un tipo estupendo, aunque por desgracia padece cierta adicción a la bebida —dijo Michael.

—Un hombre increíble este Michael, tiene un amor de esposa, y tres hijos que son para comérselos —dejó caer Adrian.

Ambos acompañaron a Debbie a casa y, aunque con renuencia, la dejaron en la entrada del apartamento que ocupaba en la calle Sesenta y ocho. La mujer se despidió de los dos con un beso superficial en la mejilla, les dio las gracias y les deseó buenas noches. Los amigos regresaron al hotel en silencio.

Cuando llegaron a la habitación de la decimonovena planta del Plaza, Michael habló primero.

—Lo siento —comenzó—. He hecho un ridículo espantoso.

—Yo no me he quedado atrás —admitió Adrian—. No deberíamos pelearnos por una mujer. Nunca lo habíamos hecho hasta ahora.

—Es cierto —dijo Michael—. Deberíamos firmar un pacto de caballeros.

—¿Qué sugieres?

—Cuando mañana por la mañana nos encontremos en Londres, acordemos que el que vuelva primero…

—Perfecto —aceptó Adrian. Acto seguido, se estrecharon la mano para sellar el trato, como si estuvieran de nuevo en la escuela jugando al críquet y tuvieran que decidir a quién le tocaba batear. Cuando se hubieron avenido, se acostaron cada uno en su cama y durmieron profundamente.

De regreso en Londres, hicieron cuanto estaba en su mano para encontrar un motivo que justificase su regreso a Nueva York. Ninguno de los dos se puso en contacto con Debbie Kendall, ni por teléfono ni por carta, ya que eso habría significado romper su pacto de caballeros, pero cuando las semanas se transformaron en meses, ambos empezaron a desanimarse, cada vez más convencidos de que nunca se les presentaría la ocasión de volver. Más adelante, Adrian recibió una invitación para viajar a Los Ángeles y asistir a un congreso sobre medios de comunicación. Se pasaba el día presumiendo, seguro de que podría aprovechar el trayecto de regreso a Londres para pasarse por Nueva York. Michael no tardó en averiguar que British Airways ofertaba billetes baratos para las esposas que acompañasen a su marido durante un viaje de negocios; así, Adrian ya no podría hacer escala en Nueva York. Michael dejó escapar un suspiro de alivio que se transformó en una risa triunfal cuando lo eligieron para que viajase a Washington y cubriera el discurso que iba a pronunciar el presidente ante el Congreso. Le sugirió al director de Transmisiones exteriores que convendría que a su regreso visitara Nueva York para fortalecer las relaciones que había establecido con la ABC. El director accedió, no sin antes advertirle que debía volver al día siguiente para cubrir la apertura del Parlamento.

Adrian no dudó en llamar a la esposa de Michael para comentarle la oferta de vuelos a los Estados Unidos de la que podían beneficiarse las mujeres que acompañasen a su marido.

—Te agradezco mucho que seas tan considerado, Adrian, pero por desgracia en mi escuela nunca conceden días libres durante el curso y, en cualquier caso —añadió—, tengo pánico a los aviones.

Michael se mostró muy comprensivo con la fobia de su esposa y salió a comprar un único billete.

Michael desembarcó en Washington al lunes siguiente y llamó a Debbie Kendall desde la habitación de su hotel, preguntándose si se acordaría siquiera de los dos ingleses jactanciosos con los que había compartido una breve velada meses atrás y si, en el caso de que en efecto se acordase, sabría cuál de los dos era él. Marcó el número con dedos temblorosos y oyó los tonos de llamada. ¿Estaría en casa? ¿Estaría fuera de Nueva York? Al fin, sonó un clic y una voz tersa contestó: «¿Diga?».

—Hola, Debbie, soy Michael Thompson.

—Hola, Michael. Qué sorpresa. ¿Estás en Nueva York?

—No, en Washington, pero estaba pensando en pasarme por allí. ¿Por casualidad, tendrías un hueco para cenar el jueves?

—Deja que mire mi agenda.

Michael contuvo la respiración mientras esperaba. Le pareció que transcurrían horas.

—Sí, me viene bien.

—Fantástico. ¿Te recojo sobre las ocho?

—Sí, gracias, Michael. Será un placer verte de nuevo.

Envalentonado por su temprano éxito, de inmediato Michael le envió a Adrian un telegrama de conmiseración por su lamentable pérdida. Adrian no le respondió.

Michael cogió el puente aéreo a Nueva York la tarde del jueves, apenas hubo terminado de editar el discurso del presidente para la oficina de Londres. Tras instalarse en la habitación del nuevo hotel (esta vez después de insistir en que le asignaran una cama de matrimonio, por si los hijos de Debbie estaban en casa), se bañó despacio y se tomó su tiempo para afeitarse, tarea durante la que se hizo dos cortes y que remató aplicándose un chorrito de *aftershave* de más. Rebuscó en su equipaje hasta que localizó la corbata, la camisa y el traje más sugestivos y, cuando terminó de vestirse, se miró en el espejo, ante el que se peinó con meticulosidad el pelo recién lavado para que los largos mechones parecieran estar ahí de forma natural, así como para disimular las zonas que empezaban a clarear. Tras una última comprobación, se convenció de que no aparentaba haber llegado ya a los treinta y ocho años. A continuación, bajó en el ascensor hasta el vestíbulo y salió del Plaza, se adentró en una Quinta Avenida inundada por la luz de los neones y se encaminó con garbo hacia la calle Sesenta y ocho. Por el camino, compró un ramo de rosas en una pequeña floristería ubicada en la esquina de la Sesenta y cinco con Madison Avenue y, tarareando, prosiguió con paso decidido. A las ocho y cinco llegó al apartamento de fachada rojiza donde residía Debbie Kendall.

Cuando Debbie abrió la puerta, Michael la vio todavía más guapa de lo que la recordaba. Llevaba un vestido largo azul con el cuello y los puños envueltos en encajes de seda blanca que le cubría el cuerpo por completo desde la garganta hasta los tobillos, y aun así no podía estar más atractiva. No llevaba ningún tipo de maquillaje, salvo por un toque de lápiz de labios que Michael se moría de ganas por retirar. Sus ojos verdes chispeaban.

—Puedes hablar —dijo Debbie con una sonrisa.

—Estás deslumbrante —fue cuanto Michael acertó a pronunciar mientras le entregaba las rosas.

—Eres muy amable —le agradeció ella antes de invitarlo a entrar.

Michael la siguió hasta la cocina, donde Debbie machacó los largos tallos con un pequeño mazo para luego colocar las flores en un jarrón de porcelana. Después lo llevó al salón, donde puso las rosas en medio de una mesa ovalada, junto a una fotografía de dos niños pequeños.

—¿Tenemos tiempo para una copa?

—Sí, he reservado mesa en Elaine's a las ocho y media.

—Mi restaurante favorito —celebró ella con una sonrisa que hizo aparecer un hoyuelo en su mejilla. Sin preguntar, sirvió dos *whiskies* y le ofreció uno a Michael.

«Tiene muy buena memoria», pensó él mientras posaba y cogía el vaso nerviosamente una y otra vez, como un adolescente en su primera cita. Cuando al cabo Michael terminó su bebida, Debbie sugirió que deberían salir ya.

—En Elaine's no dejan libre una mesa ni un minuto, aunque seas el mismísimo Henry Kissinger.

Michael se rio y la ayudó a ponerse el abrigo. Cuando Debbie abrió la puerta, él reparó en que no había canguro ni se oían ruidos de niños.«Deben de estar con el padre», supuso. Ya en la calle, Michael levantó la mano para llamar a un taxi y le indicó al conductor que los llevara a la Ochenta y siete con la Segunda. Nunca había estado en Elaine's. Se lo había recomendado un amigo de la ABC, que llegó a asegurarle: «En ese garito tendrás el partido ganado».

Una vez que entraron en el bullicioso salón y se colocaron junto a la barra para esperar al *maître*, Michael vio que se trataba de uno de esos lugares frecuentados por los millonarios y los famosos, lo que le hizo preguntarse si podría permitirse el gasto y, más importante aún, si semejante inversión valdría la pena.

Un camarero los acompañó hasta una mesa pequeña del fondo, donde tomaron otro *whisky* mientras hojeaban la carta. Cuando el camarero volvió para anotar la comanda, Debbie decidió prescindir del primer plato y limitarse a la *piccata* de ternera, de modo que Michael pidió lo mismo para él. Debbie prefirió que no añadieran la mantequilla de ajo. Michael se permitió aumentar un poco más sus expectativas.

—¿Y cómo está Adrian? —preguntó Debbie.

—Oh, todo lo bien que cabe esperar —respondió él—. Cómo no, te envía un abrazo con todo su cariño. —Esta última palabra la pronunció con especial énfasis.

—Es muy caballeroso por tu parte, y por favor, envíale también el mío. Pero dime, Michael, ¿qué te trae ahora por Nueva York? ¿Otro documental?

—No. Entiendo que todo el mundo adore esta ciudad, pero esta vez he venido solo para verte a ti.

—¿Para verme a mí?

—Sí, tenía que editar una cinta en Washington, pero sabía que habría terminado para la hora del almuerzo, por lo que esperaba que tuvieras esta noche libre.

—Me siento halagada.

—No tienes por qué.

Debbie sonrió. Llegó la ternera.

—Tiene muy buena pinta —dijo Michael.

—Y sabe aún mejor —confirmó Debbie—. ¿Cuándo vuelves a casa?

—Mañana por la mañana, en el vuelo de las once, por desgracia.

—No te va a dar tiempo a hacer mucho en Nueva York.

—Solo he venido para verte a ti —repitió Michael. Debbie siguió degustando la ternera—. No me cabe en la cabeza que tu marido tuviera un solo motivo para querer divorciarse.

—Ah, no fue muy original, ya sabes. Se encaprichó de una rubita de veintidós años y dejó a su vieja esposa de treinta y dos.

—Menudo imbécil. Debería haberse conformado con tener un lío con la rubita de veintidós y haberle guardado fidelidad a la vieja esposa de treinta y dos.

—¿Y eso no es un poco contradictorio?

—Oh, no, en absoluto. A mí nunca me ha parecido antinatural desear a otras personas. Al fin y al cabo, la vida es demasiado larga como para no llegar a sentir nada por otra mujer.

—No sé si estoy muy de acuerdo contigo —dijo Debbie pensativa—. A mí me habría gustado serle fiel a un solo hombre.

«Demonios —pensó Michael—, esa no es la filosofía más alentadora».

—¿Lo echas de menos? —dijo para probar suerte de nuevo.

—Sí, algunas veces. Hay algo de cierto en lo que dicen las revistas del corazón: puedes llegar a sentirte muy sola cuando te abandonan de pronto.

«Esto ya me suena mejor», pensó Michael, que se apresuró a decir:

—Sí, lo entiendo, pero una mujer como tu no tendría por qué estar sola mucho tiempo.

Debbie no respondió.

Michael le llenó la copa de vino casi hasta el borde, con la esperanza de poder pedir una segunda botella antes de que Debbie terminase la ternera.

—¿Acaso pretendes emborracharme?

—Si crees que eso te sería de ayuda —contestó él riendo.

Debbie no se rio. Michael volvió a intentarlo.

—¿Eres aficionada al teatro?

—Sí, la semana pasada fui a ver *Evita*. A mí me encantó —«Me pregunto quién la acompañaría», pensó Michael—, pero mi madre se quedó dormida en medio del segundo acto. Creo que volveré otra vez para verla por mi cuenta.

—Ojalá me quedase el tiempo suficiente para acompañarte.

—Ese sería un plan muy divertido —dijo Debbie.

—Mientras tanto, me conformaré con ver la obra en Londres.

—Con tu esposa.

—Camarero, otra botella.

—Para mí no, Michael, en serio.

—Anda, ayúdame al menos. —El camarero se perdió de vista—. Y dime, ¿sueles visitar Inglaterra?

—No, solo he estado una vez, cuando Roger, mi exmarido, nos llevó a toda la familia. Me gustó mucho el país. Cumplió todas mis expectativas, aunque creo que nos limitamos a hacer el mismo recorrido que hacen todos los americanos: la Torre de Londres, el Palacio de Buckingham, Oxford, Stratford y vuelta a París.

—Una manera muy triste de conocer Inglaterra; yo podría haberte enseñado mucho más.

—Me imagino que cuando un inglés viene a América, tampoco ve mucho aparte de Nueva York, Washington, Los Ángeles y, quizá, San Francisco.

—Cierto —dijo Michael, que no tenía la menor intención de disentir. El camarero se llevó los platos vacíos.

—¿Me permites tentarte con el postre?

—No, por favor, estoy intentando perder un poco de peso.

Michael le pasó la mano con delicadeza por la cintura.

—No te hace ninguna falta —dijo—. Tienes un cuerpo perfecto.

Debbie se rio. Él desplegó una sonrisa.

—No obstante, sí que agradecería un café, por favor.

—¿Quizá también un coñac?

—No, gracias, me basta con el café.

—¿Solo?

—Solo.

—Dos cafés, por favor —le pidió Michael al camarero que pasaba por su lado.

—Tendría que haberte llevado a algún lugar un poco más tranquilo y menos ostentoso —se lamentó al volverse hacia Debbie.

—¿Por qué?

Michael la tomó de la mano. La notó fría.

—Me habría gustado poderte decir ciertas cosas que los comensales de la mesa de al lado no deberían oír.

—No creo que nadie se escandalice por lo que pueda oír en Elaine's, Michael.

—De acuerdo, entonces. ¿Crees en el amor a primera vista?

—No, pero sí creo que es posible sentir atracción por alguien a quien acabas de conocer.

—Pues bien, debo confesarte que eso es lo que a mí me ocurrió contigo.

De nuevo, Debbie guardó silencio.

Llegó el café y Debbie retiró la mano para dar un sorbo. Michael siguió su ejemplo.

—Habría más de un centenar de mujeres en aquel salón la noche en que nos conocimos, Debbie, pero me fue imposible apartar los ojos de ti.

—¿Ni siquiera durante la proyección?

—Había visionado el dichoso documental decenas de veces. Pero a ti temía no volver a verte nunca más.

—Vas a conseguir que me ruborice.

—¿Por qué? Seguro que estas cosas te ocurren a diario.

—De vez en cuando —admitió ella—. Pero no he tenido nada serio desde que mi marido me dejó.

—Lo siento.

—No tienes por qué. Es solo que no me resulta tan sencillo olvidarme de alguien con quien he compartido diez años de mi vida. Dudo que haya muchas divorciadas tan dispuestas a meterse en la cama con el primer hombre que se cruce en su camino como sugieren las películas de hoy en día.

Michael volvió a tomarla de la mano, deseando con toda el alma no pertenecer a esa categoría.

—Ha sido una velada muy agradable. ¿Qué te parece si damos un paseo hasta el Carlyle y oímos tocar a Bobby Short? —El amigo que Michael tenía en la ABC le había recomendado que recurriera a este truco y aún creía conservar alguna posibilidad.

—Sí, me encantaría —aceptó Debbie.

Michael pidió la cuenta: ochenta y siete dólares. Si hubiera venido con su esposa, habría revisado el desglose con lupa, pero esta noche no procedía. Sin más, puso cinco billetes de veinte dólares en una bandejita, pero no aguardó a que le trajeran el cambio. Una vez que salieron a la Segunda Avenida, Michael cogió a Debbie de la mano y, así agarrados, dirigieron sus pasos hacia el centro. Cuando llegaron a Madison Avenue y se pararon a mirar los escaparates, a él le habría gustado comprarle un abrigo de piel, un reloj de Cartier y un vestido de Balenciaga. Debbie dio gracias por que las tiendas estuvieran cerradas.

Llegaron al Carlyle justo para ver empezar la actuación de las once. Un camarero, equipado con una pequeña linterna, los guio por la oscura salita de la planta baja y los acomodó en una mesa de la esquina. Michael pidió una botella de champán mientras Bobby Short extraía los primeros acordes y entonaba los correspondientes versos: «Georgia, Georgia, oh, mi dulce…».Puesto que ahora la música le impedía hablar con Debbie, se conformó con cogerle la mano, y cuando el cantante llegó a la parte que decía «Casi conseguimos que todo encajara, ¿verdad, muchacha?», se inclinó hacia ella y la besó en la mejilla. Debbie lo miró, le sonrió (¿Sería un simple gesto de complicidad o acaso él estaba dejando volar su imaginación?) y tomó un sorbo de champán. Al dar las doce, Bobby Short tapó las teclas del piano y dijo:

—Buenas noches, amigos, es hora de que la gente de bien se vaya a la cama… al igual que los más traviesos.

Michael soltó una risa quizá demasiado sonora, pero se sintió aliviado al ver que Debbie también se reía.

Pasearon por Madison Avenue en dirección a la calle Sesenta y ocho mientras conversaban sobre toda índole de asuntos irrelevantes, pese a que Michael solo acertase a pensar en un único asunto. Cuando llegaron al apartamento, Debbie sacó la llave de la puerta.

—¿Te apetece tomarte una última copa? —le preguntó sin sugerirle nada con el tono de su voz.

—Por hoy he bebido suficiente, muchas gracias, pero sí que te aceptaría un café.

Debbie lo condujo al salón.

—Las flores han aguantado bien—bromeó antes de dejarlo para preparar el café. Michael se entretuvo hojeando un ejemplar antiguo de *Time*, limitándose a mirar las fotos, sin prestar atención a los textos. Al cabo de unos minutos, Debbie volvió con una bandeja en la que traía una cafetera y dos tazas pequeñas. Sirvió el café, de nuevo solo, y se sentó en el sofá junto a Michael, con una pierna recogida bajo el cuerpo, mientras se giraba un tanto hacia él. Michael se bebió el suyo de dos tragos, abrasándose la boca. Acto seguido, posó la taza, se inclinó hacia Debbie y le dio un beso en los labios. Ella aún no había soltado su taza. Abrió los ojos por un instante para dejarla en una mesita. Tras un segundo y largo beso, se apartó de él.

—Mañana tengo que madrugar.

—Yo también —dijo Michael—, pero lo que más me preocupa es que pase demasiado tiempo hasta que vuelva a verte.

—Dices unas cosas muy bonitas —respondió Debbie.

—No, lo que sucede es que me importas de verdad —dijo antes de besarla de nuevo.

Esta vez Debbie le correspondió; él bajó una mano hasta su pecho mientras con la otra comenzaba a desabrocharle los botoncitos que cerraban la espalda del vestido. De nuevo, ella se apartó.

—Será mejor que no hagamos nada de lo que podamos arrepentirnos.

—Sé que no nos arrepentiremos —dijo Michael.

Al momento siguiente la besó en el cuello y en los hombros, y pasó a quitarle el vestido al tiempo que deslizaba los dedos con destreza de regreso al pecho, esta vez deleitándose al comprobar que no llevaba sujetador.

—Debbie, ¿por qué no vamos arriba? Estoy demasiado mayor para hacer el amor en el sofá.

Sin decir palabra, Debbie se levantó y lo llevó de la mano hasta su dormitorio, donde se respiraba el mismo perfume sutil y delicioso que llevaba puesto.

Encendió una lamparilla y se quitó el resto de la ropa, que dejó caer con descuido. Michael no apartó la mirada de su cuerpo mientras se desvestía con torpeza al otro lado de la cama. Se introdujo bajo las sábanas y se unió a ella aprisa. Cuando terminaron de hacer el amor, experiencia de la que hacía mucho tiempo que no disfrutaba tanto, se quedó allí tendido, extrañado ante el hecho de que Debbie se hubiera entregado a él, sobre todo tratándose de su primera cita.

Se quedaron abrazados en silencio antes de hacer el amor una segunda vez, que fue tan mágica como la primera. Después Michael sucumbió a un profundo sueño.

A la mañana siguiente, Michael, que se había despertado primero, contempló a la hermosa mujer que yacía a su lado. El reloj digital de la mesita marcaba las 7.03. Le rozó la frente con los labios y le acarició el pelo. Debbie se despertó con pereza y le sonrió. Mientras el día comenzaba, volvieron a hacer el amor, lenta y delicadamente, pero gozando tanto como la noche anterior. Michael no dijo nada cuando ella salió de la cama y le llenó la bañera antes de ir a la cocina para preparar el desayuno. Michael se relajó en el agua caliente mientras entonaba una canción de Bobby Short a voz en cuello. Qué no habría dado porque Adrian lo viera. Se secó y se vistió antes de unirse a Debbie en la estrecha cocina, donde degustaron juntos un surtido de huevos, beicon, tostadas y mermelada inglesa, todo acompañado de un humeante café solo. Después Debbie se dio un baño y se vistió mientras Michael leía el *New York Times*. Cuando volvió a entrar en el salón, ataviada con un elegante vestido de color coral, Michael lamentó tener que irse tan pronto.

—Debemos salir ya, si no quieres perder el avión.

Michael se levantó con renuencia y Debbie lo llevó en coche de regreso a su hotel, donde él guardó la ropa aprisa en una maleta y pagó la cuenta de la habitación con la cama de matrimonio en la que no había dormido para después reencontrarse con ella en el coche. Durante el trayecto al aeropuerto, hablaron de las próximas elecciones y de cómo preparar el mejor pastel de calabaza, como si llevaran años casados o quizá como si se negaran a admitir que la noche anterior había tenido lugar.

Debbie dejó a Michael frente al edificio de Pan Am y estacionó en el aparcamiento antes de reunirse con él en el mostrador de facturación. Esperaron a que anunciasen el vuelo.

—Pan American va a proceder a la salida del vuelo número 006 con destino Londres Heathrow. Solicitamos a los pasajeros que acudan con la tarjeta de embarque a la puerta número 9.

Cuando llegaron al control que solo podían cruzar los pasajeros, Michael tomó a Debbie brevemente entre sus brazos.

—Gracias por una velada inolvidable —dijo.

—No, Michael, soy yo quien te está agradecida —respondió ella antes de darle un beso en la mejilla.

—Te confieso que nunca imaginé que terminaría así —dijo Michael.

—¿Por qué no? —preguntó ella.

—No sabría decirte —comenzó él, que se devanó los sesos en

busca de las palabras adecuadas para alabarla en lugar de incomodarla—. Digamos que me sorprendió que…

—¿Te sorprendió que acabásemos en la cama cuando solo era nuestra primera cita? No es tan raro.

—¿No?

—Claro que no, y la explicación es muy sencilla: cuando me divorcié, mis amigas me dijeron que me buscara un hombre y tuviera un amor de una noche. La idea no me pareció mal pero no quería que los hombres de Nueva York empezasen a considerarme una mujer fácil. —Le acarició la mejilla con ternura—. Así que cuando os conocí a Adrian y a ti, y supe que vivíais a cinco mil kilómetros de aquí, me dije: «con el que vuelva primero…».

CIEN CARRERAS

«La vida es un juego», decía A. T. Pierson, lo que le permitió pasar a la posteridad sin tener que esforzarse en exceso. Aunque E. M. Forster hizo gala de una mayor perspicacia cuando escribió «El destino es el árbitro y la esperanza es la pelota, y por eso jamás anotaré cien carreras en el Lord's».

Cuando empecé a estudiar en la universidad, mi compañero de habitación me invitó a cenar en el Vincent's, un club deportivo del que era miembro. En occidente esta clase de instituciones se parecen mucho las unas a las otras. Abunda en todas ellas el mismo tipo de bestias saludables y escandalosamente fornidas, cuyo único propósito en la vida parece consistir en retar a sus rivales, pertenecientes a alguna institución vecina, para medirse a base de absurdas pruebas físicas. Los principales contrincantes de mi anfitrión, me confesó con fervor estudiantil, procedían de un sistema que se apoyaba en una serie de ideas avanzadas y un estilo de vida sencillo y que había sesteado espiritualmente durante siglos en el llano, apagado y pantanoso país de Inglaterra, descrito de forma cartográfica en los mapas con el nombre de Cambridge. Y la mayor ambición de aquellos hombres entre los que se contaba mi anfitrión era de lo más sencilla: en todos aquellos deportes en los que aspirasen a vencer a los estudiantes de Cambridge, a los pocos que resultasen elegidos se les concedía un Azul. Dado que no existe ninguna otra manera de obtener esta distinción ni en Oxford ni en Cambridge, es preciso competir con absoluta entrega por todos y cada uno de los puestos del equipo. Puede que seleccionen a un miembro y que este juegue en todas las competiciones de la temporada universitaria, e incluso que llegue a representar a su país, pero si no participa en el encuentro entre Oxford y Cambridge, no puede considerarse Azul.

Esta historia se centra en un personaje encantador al que conocí aquella noche en que me invitaron a cenar en el Vincent's. El estudiante al que me refiero cursaba el último año de carrera. Procedía de aquella región a la que por aquel entonces, y de forma bastante irreflexiva, todavía osábamos llamar «las colonias». Era indio de nacimiento, hijo de un hombre que en Inglaterra, más que célebre, era casi una leyenda, puesto que había capitaneado tanto a Oxford como a India en críquet, por lo que más allá de la Mancomunidad Británica era igual de conocido que Babe Ruth entre los ingleses. El padre del joven había acrecentado su fama al anotar cien carreras en el Lord's cuando capitaneaba al equipo de críquet de la universidad durante un partido contra Cambridge. De hecho, cuando pasó a capitanear a India contra Inglaterra, siempre lucía con orgullo la sudadera de color crema con las anchas bandas azul marino en torno al cuello y la cintura. El hijo, a juicio de los expertos, perpetuaría la tradición familiar. Parecía sacado del mismo molde que el padre: alto, delgado y con el pelo negro como el azabache; y como jugador de críquet era un formidable bateador cuando usaba la mano derecha, así como un muy necesario lanzador cuando empleaba el brazo izquierdo por el efecto de giro que le imprimía a la pelota. (Los lectores que no estén muy familiarizados con las particularidades de los idiomas y menos aún con las del críquet se preguntarán por qué no decir sencillamente «formidable bateador diestro»y «muy necesario lanzador zurdo». En Inglaterra, no obstante, siempre resuelven esas menudencias con un mismo lema: la tradición, muchacho, la tradición).

El joven universitario indio, al igual que su padre, había llegado a Oxford movido más por el interés que tenía en derrotar a Cambridge que por ampliar su formación académica. Durante el primer año jugó contra casi todos los equipos ingleses de la región, consiguiendo cien carreras contra tres de ellos y, en una ocasión, logrando cinco palos en una entrada. Una semana antes del gran partido contra Cambridge, el capitán le dijo que se había ganado el Azul y que los nombres de los once elegidos se anunciarían de forma oficial en *The Times* al día siguiente. El joven telegrafió a su padre, que vivía en Calcuta, para darle la noticia y acto seguido salió para unirse a la cena de celebración en el Vincent's. Entró en el comedor del club muy animado por el aplauso que siempre se les dedicaba a los nuevos Azules, y se disponía a sentarse cuando vio al equipo de remo, del que no faltaba ninguno de los nueve miembros, acomodado en torno a una mesa circular del fondo. Se acercó al capitán y le dijo:

—Creía que vosotros solo sabíais sentaros uno detrás de otro.

En cuestión de segundos, cuatro remeros de ochenta y cinco kilos se habían sentado encima del nuevo Azul mientras el timonel vaciaba una jarra de agua fría sobre su cara.

—Más te vale anotar cien carreras —le advirtió uno de los bogadores—, porque si no, la próxima vez usaremos agua hirviendo.

Cuando los cuatro remeros hubieron regresado a la mesa, el jugador de críquet se levantó despacio, se alisó la corbata con fingida indignación y, al pasar junto a ellos, le dio unas palmaditas en la cabeza al timonel de metro y medio y cuarenta y cinco kilos, a la vez que respondía:

—Hasta los equipos perdedores se merecen una mascota.

Esta vez los remeros optaron por reírse, pero al darle las palmaditas al timonel notó que tenía el pulgar un poco magullado, molestia de la que le habló al guardameta, que también había acudido a la cena. Al coger el cuchillo para trocear el generoso entrecot que acababan de servirle, se dio cuenta de que apenas podía sujetarlo. Decidió no preocuparse demasiado, pues daba por hecho que a la mañana siguiente se encontraría bien, pero al despertarse, el dolor se había vuelto insoportable y, de hecho, vio que el pulgar, aparte de habérsele puesto negro, presentaba una hinchazón demasiado fea. Después de poner al tanto al capitán, cogió el primer tren que salía hacia Londres para ver a un especialista de Harley Street. Mientras el convoy atravesaba Berkshire, leyó en *The Times* que le habían concedido el Azul.

El especialista le examinó el pulgar dolorido durante largo rato y le expresó lo mucho que dudaba de que pudiera sostener una pelota o, menos aún, un bate durante al menos quince días. El diagnóstico resultó ser bastante exacto, de modo que nuestro héroe tuvo que quedarse sentado en las gradas del Lord's, desde donde vio con desconsuelo como Oxford perdía el partido y el duodécimo miembro se llevaba su Azul. Su padre, que había venido en avión desde Calcuta solo para asistir al encuentro, le dijo lo mucho que lo sentía, aunque también le recordó que todavía le quedaban dos años para conseguir ese honor.

A medida que se acercaba su segundo periodo en el Trinity, el joven empezó a sentirse más animado y durante el partido inaugural de la temporada, contra Somerset, anotó cien carreras inolvidables, plagadas de bates cortados y horizontales con los que los aficionados rememoraron los mejores días de su padre. El hijo había sido nombrado secretario de críquet durante la temporada de descanso, pues todo el mundo sabía que solo la mala suerte y el equipo de remo le impidieron ganarse su justa recompensa el primer año. De nuevo, jugó en todos los encuentros antes del partido decisivo, pero durante los cuatro últimos careos contra los equipos regionales, apenas anotó más de una decena de carreras, y tampoco logró ningún palo, mientras que sus principales contrincantes no pudieron hacerlo mejor. Estaba en sus horas más bajas, y no podía discutirle al capitán que, teniendo en cuenta el talento de los jugadores a los que debían hacer frente aquel año, era demasiado arriesgado sacarlo contra Cambridge. Una vez más vio como Oxford perdía el partido de los Azules, y como su número opuesto, el secretario de Cambridge, Robin Oakley, anotaba cien carreras impecables. Un hombre de sesenta y muchos años que lucía una corbata del Marylebone Cricket Club se acercó al joven indio durante el partido, le dio una palmada en el hombro y le dijo que nunca olvidaría el día en que su padre anotó cien carreras contra Cambridge, pero no le sirvió de mucha ayuda.

Al reincorporarse en el último año, se llevó una grata sorpresa cuando sus compañeros de equipo lo nombraron capitán, un honor que nunca se le había concedido a nadie que no se hubiera ganado ya el codiciado Azul. Todos le agradecían la excelente labor que había realizado como secretario y estaban convencidos de que, si recuperaba la buena forma del primer año, no solo obtendría el Azul sino que llegaría a representar al país.

En Oxford se observa la tradición de que, durante el último año, el estudiante no juega al críquet hasta que completa los exámenes finales, con lo que dispone del tiempo necesario para jugar en los tres últimos partidos regionales antes del partido entre las universidades. Pero, dado que el nuevo capitán no tenía ningún interés en graduarse, desatendió la tradición y jugó desde el inicio de la temporada estival. Además, no había perdido facultades, porque bateó de forma prodigiosa y, en las pocas ocasiones en que tenía un mal día con el bate, efectuaba unos lanzamientos espectaculares. A lo largo de ese año logró que Oxford se impusiera ante tres contrincantes regionales, de modo que su equipo parecía estar más que listo para desquitarse en el partido universitario.

Cuando faltaban solo unos días para el encuentro, el corresponsal de críquet de *The Times* escribió que todo el que lo hubiera visto batear esta temporada sabía que el joven indio entraría con su padre en los anales del deporte, ya que sin ninguna duda anotaría cien carreras frente a la universidad rival; no obstante, el periodista también añadió que podría verse perjudicado por un ataque temprano de Bill Potter, el lanzador más rápido de Cambridge.

Todo el mundo quería que al capitán de Oxford le fuese bien, pues era uno de esos escasos virtuosos cuyo encanto nunca se granjea enemigos.

Después de anunciar al equipo de Azules ante la prensa, prefirió no enviarle ningún telegrama a su padre para no tentar a la mala suerte con la noticia y, por si acaso, tampoco quiso hablar con ningún miembro del equipo de remo durante la semana previa al evento. La noche anterior a la final se acostó a las siete, pero le fue imposible conciliar el sueño.

Llegada la primera mañana del partido de tres días, el sol resplandecía en medio de un cielo despejado casi por completo y para las 11.00 las gradas empezaban a llenarse. Los dos capitanes (ataviados con una camisa blanca de cuello abierto, pantalones de inmaculado color blanco bien planchados y botas blancas recién engrasadas) salieron a examinar la cancha y proceder al sorteo. Robin Oakley, de Cambridge, ganó y eligió batear.

A la hora del almuerzo de la jornada inicial, Cambridge iba 79para 3, y por la tarde, cuando sus lanzadores más rápidos acusaban el cansancio tras la segunda serie sin conseguir un avance temprano, el capitán tomó su puesto. Cuando tiraba recto, la pelota no llegaba al largo completo y cuando sí llegaba, nunca iba recta; no tardó el retirarse. Los lanzadores menos habituales consiguieron el avance necesario, de modo que una hora después del té Cambridge había acabado con 208.

Los abridores de Oxford ocuparon la línea de bateo a las 17.50; cuarenta minutos de brega para concluir el partido del primer día. El capitán se había sentado con todas las almohadillas en la balconada del vestuario, donde esperaba a que lo llamaran solo si caía un palo. Había dado instrucciones claras: nada de heroicidades, limitarse a batear durante el tiempo restante para que pudieran empezar desde el principio a la mañana siguiente con los diez palos intactos. Con solo un séxtuple pendiente antes del fin del partido, el abridor, un joven de primer curso, vio como Bill Potter, el lanzador rápido de los de Cambridge, le arrebataba su media estaca. Oxford iba 11 para 1. El capitán se situó en la línea de bateo con solo cuatro pelotas por despachar antes de que el reloj mostrara las 6.30. Adoptó la defensa clásica, media y pierna, y se preparó para vérselas con el hombre más rápido de Cambridge. La primera entrega de Potter descendió como un cohete, hasta recorrer casi un largo, alejada de la estaca exterior. La pelota arañó el vértice del bate (¿o acaso pasó por la almohadilla?) y llegó al primer receptor, que se zambulló hacia su derecha y consiguió recoger por abajo. Los once de Cambridge apelaron. ¿Iban a expulsar al capitán? ¿Por una agachada? Sin esperar a la decisión del árbitro, se dio media vuelta y regresó al vestuario, sin permitir que ningún tipo de emoción se asomase a su rostro, pese a que no dejara de golpetear el costado de la almohadilla con el bate. Según subía las escaleras, vio a su padre, sentado a solas en el reservado de los socios. Cruzó la Sala Larga entre los gritos de «¡Mala suerte, compañero!» que le dedicaron los grupos de hombres que sostenían sus jarras de cerveza llenas hasta el borde y los deseos de «¡Suerte en la segunda entrada!» que le profirieron los antiguos Azules de barrigas prominentes.

Al día siguiente, Oxford mantuvo un perfil bajo y anotó un total de 181 carreras, lo que lo situó a solo 27 puntos de diferencia. Cuando Cambridge bateó por segunda vez, aprovechó al máximo la ligera ventaja que llevaba, de modo que, durante los lanzamientos, el capitán se alzó con 11 séxtuples, sin ninguna soltera, ningún palo y 42 carreras. Al terminar el encuentro del segundo día, sacó a su equipo del campo, con Cambridge a 167 para 7, y con Robin Oakley, su capitán, habiendo alcanzado un respetable 63 sin eliminaciones, con lo cual parecía estar más que listo para llegar a las cien carreras.

Durante la mañana del tercer día los lanzadores rápidos de Oxford sacaron los tres últimos postes de Cambridge tras hacer 19 carreras en 40 minutos, de tal modo que Robin Oakley, que había perdido a todos sus compañeros, abandonó el campo con 89 sin eliminaciones. El capitán de Oxford fue el primero en ofrecerle unas palabras de consuelo, a las que añadió:

—Al menos el año pasado anotaste cien.

—Cierto —respondió Oakley—. Así que quizá este año te toque a ti. ¡Aunque espero poder impedirlo!

El capitán de los de Oxford sonrió ante la idea de anotar cien carreras cuando su equipo solo necesitaba 214 puntos a razón de poco menos de una carrera por minuto para ganar el partido.

Los dos primeros bateadores de Oxford iniciaron su respectiva entrada a escasos minutos del mediodía, y permanecieron juntos hasta el último séxtuple previo al almuerzo, cuando de nuevo Bill Potter, el experto lanzador rápido de Cambridge, expulsó de vacío al estudiante de primer año. El capitán observaba nervioso desde la balconada, con las protecciones puestas y listo para salir. Desde allí arriba miró la cabeza calva de su padre, que charlaba con un excapitán de Inglaterra. Ambos habían conseguido cien carreras en el partido universitario. El capitán se puso los guantes y bajó la escalera del vestuario poco a poco, intentando aparentar naturalidad; nunca había estado tan nervioso. Cuando pasó junto a su padre, este giró su rostro curtido por el sol hacia el único hijo que tenía y le sonrió. El público recibió al capitán con un aplauso caluroso que mantuvo hasta que llegó a la línea de bateo. Se colocó en posición, de nuevo media y pierna, y se preparó para encarar el ataque. El ansioso Potter, que había despachado al capitán con tanta brusquedad durante la primera entrada, echó a correr hacia él como un obús con la esperanza de provocar un par, y así entregó una magnífica primera pelota por abajo que derrotó al capitán, en cuya almohadilla delantera produjo un golpetazo sonoro.

—¡Árbitro! —apelaron tanto Potter como el resto de los de Cambridge a la vez que saltaban todos a una.

El capitán miró con aprensión al árbitro, que se sacó las manos de los bolsillos y se pasó una piedrecita de una palma a la otra para recordarle que se había lanzado una nueva pelota. Sin embargo, no hizo demasiado caso de la apelación. Los ocupantes del vestuario respiraron aliviados. El capitán consiguió completar el séxtuple y de nuevo salió al almuerzo a cero sin eliminaciones, con el equipo a 24 para 1.

Tras el receso, Potter volvió a la carga. Frotó la pelota de cuero contra sus pantalones de franela manchados de rojo y salió disparado, su aspecto todavía más amenazador que al principio del juego. Liberó un misil cargado con todo su veneno, pero el exceso de fuerza hizo que la entrega se quedase demasiado corta. El capitán se inclinó hacia atrás y enganchó la pelota, que voló hasta el límite del Tavern para sumar cuatro, momento a partir del cual fue imposible separarlo de la línea de bateo. Anotó las 50 a los setenta y un minutos, y a las 4.10 el equipo de Oxford llegó al té con el marcador a 171 para 5 y el capitán a 82 sin eliminaciones. El joven no miró a su padre cuando subió las escaleras del vestuario. Necesitaba 18 carreras más para poder permitírselo, y entonces el equipo estaría a salvo. Durante la pausa no comió ni bebió nada, y tampoco habló con nadie.

Cuando veinte minutos después sonó una campana, los once de Cambridge regresaron al campo. Al cabo de un minuto, el capitán y su compañero se hallaban de nuevo en la línea de bateo, sus camisas blancas de cuello abierto aleteando a merced de la brisa. Dos horas para marcar cien carreras y alzarse con la victoria. El compañero del capitán solo duró cinco pelotas más y, de hecho, incluso el propio capitán parecía haber perdido el brío del que había hecho gala antes del té, de forma que llegó a las 90 entre unos y doses. Bajo una luz cada vez más débil, tardó treinta minutos en sumar 99, pero para entonces ya había perdido a otro compañero: 194 para 7. Continuó a 99 durante doce minutos más, hasta que Robin Oakley, el capitán de Cambridge, tomó la siguiente pelota y volvió a situar en el ataque a su hombre más veloz.

Y entonces tuvo lugar uno de los incidentes más asombrosos que he presenciado jamás durante un partido de críquet: Robin Oakley dispuso un campo de ataque para la nueva pelota, con tres receptores, un fildeador de apoyo, un punto de cobertura, un medio exterior, un medio interior, un medio palo y una pierna cuadrada corta; en definitiva, un auténtico círculo vicioso. A continuación, le pasó la pelota a Potter, quien sabía que esta sería su última oportunidad de hacerse con el palo del capitán de Oxford y asegurarse el partido; una vez que anotara las cien carreras, con toda seguridad sumaría el resto de los puntos en cuestión de minutos. Unos nubarrones encapotaron el cielo, pero no era el momento de abandonar el campo por la escasez de luz. Potter volvió a abrillantar la pelota nueva con sus pantalones blancos y se entregó a una carrera contundente para lanzar una entrega que el capitán no llegó a repeler. Uno o dos fildeadores levantaron la mano sin apelar. Potter regresó a su puesto y, al abrillantar la pelota todavía con mayor entusiasmo, dejó una mancha de color rojo sangre a la altura del muslo. La segunda pelota, proyectada con rebote bajo, derrotó al capitán, de tal modo que debió de pasar a escasos milímetros de la estaca exterior; un suspiro se propagó por el terreno de juego. La tercera pelota alcanzó al capitán en plena almohadilla, momento en que los once de Cambridge levantaron los brazos y demandaron la pierna antes que el palo a voz en cuello, pero el árbitro no se inmutó. El capitán golpeó la cuarta pelota, que voló tímidamente hasta el medio interior, donde Robin Oakley se hallaba a escasos veinte metros frente al bate, observando con desconcierto a su adversario según iniciaba una carrera que de ninguna manera podría completar. Su compañero de bateo, atónito, permaneció anclado a la línea (no se echaba a correr cuando la pelota viajaba al medio interior, a menos que se tratara de la última entrega del partido).

El capitán de Oxford, situado ahora unos quince metros más allá de la zona segura, se giró y miró al capitán de Cambridge, que sostenía la pelota en la mano. Robin Oakley se disponía a pasársela al guardameta, quien a su vez estaba esperando a retirar los travesaños y enviar al capitán de Oxford de vuelta al vestuario, con 99, pero Oakley titubeó y durante unos segundos los dos gladiadores se miraron el uno al otro, hasta que el capitán de Cambridge se guardó la pelota en el bolsillo. El líder de los de Oxford regresó con paso calmo a su línea de bateo, la grada enmudecida de pura incredulidad. Robin Oakley le pasó la pelota a Potter, quien salió embalado para efectuar la quinta entrega, la cual se quedó corta, circunstancia que el capitán de Oxford aprovechó para atravesar la cobertura sin ninguna dificultad y sumar cuatro carreras. El público se puso en pie y los viejos amigos que seguían el encuentro desde el vestuario empezaron a darle palmadas en la espalda a su padre.

Él sonrió por segunda vez.

Potter avanzó para realizar el último esfuerzo y, exhausto, entregó otra pelota corta que debería haber volado hasta el perímetro con facilidad, pero el capitán de Oxford dio un paso atrás y tropezó con sus estacas. Quedó eliminado por palo tocado, Potter dispuesto para las 103. El público volvió a levantarse cuando regresó al vestuario, y aquí y allá se veían ancianos que, aun habiendo sido condecorados en dos guerras, tenían los ojos llorosos. Siete minutos después, todos los jugadores abandonaron el campo, empapados por un aguacero.

El encuentro terminó en empate.

RUTINA INTERRUMPIDA

Septimus Horatio Cornwallis no hacía honor a su nombre. Alguien que se llamaba así debería haber llegado a ministro, a almirante o, por lo menos, a párroco rural. Sin embargo, Septimus Horatio Cornwallis se dedicaba a gestionar reclamaciones en la sede central de Prudential Assurance Company Limited, sita en el número 172 de Holborn Bars, perteneciente al EC1 de Londres.

La culpa de que Septimus tuviera este nombre se le podía echar a su padre, que poseía unos conocimientos limitados sobre Nelson; a su madre, que era muy supersticiosa; y también a su trastatarabuelo, del que se decía que era primo segundo del ilustre gobernador general de India. Al terminar los estudios, Septimus, un joven delgado y anémico aquejado de una calvicie prematura, entró en la Prudential Assurance Company, puesto que su tutor le dijo que ese era el puesto ideal para un muchacho con sus cualidades. Con el tiempo, aquel consejo comenzó a provocarle cierta inquietud, porque incluso él sabía que no poseía tales dotes. Pese a este contratiempo, progresó poco a poco y, con el curso de los años, pasó de aprendiz a gestor de solicitudes (más que subiendo aprisa por la escalera, pasando largas temporadas en cada uno de los peldaños), lo que le valió el rimbombante título de asistente de subdirección del departamento de reclamaciones.

Se pasaba el día metido en un cubículo acristalado de la sexta planta, procesando expedientes y aprobando pagos de cualquier cuantía, siempre que esta no sobrepasara el millón de libras. Estaba convencido de que mientras no se metiera en líos (una de sus expresiones favoritas), al cabo de otros veinte años lo ascenderían a director del departamento y le asignarían un despacho con paredes opacas y con una alfombra cuyo patrón no se compusiera de cuadraditos verdes apenas distinguibles. Incluso podría empezar a firmar cheques de un millón de libras.

Vivía en Sevenoaks con su esposa, Norma, y con sus dos hijos, Winston y Elizabeth, que iban a la escuela de secundaria. Tendrían que haber entrado en el instituto especializado, les decía siempre a sus compañeros de trabajo, pero el gobierno laborista les había puesto la zancadilla.

Septimus afrontaba el día a día a través de una serie de pasos rutinarios e invariables, como si de un microprocesador elemental se tratase, pues se tenía a sí mismo por un fiel seguidor de las tradiciones y por un amante de la disciplina. Porque, si se le podía aplicar algún calificativo, era el de animal de costumbres. Si por alguna razón inexplicable el KGB hubiera querido asesinarlo, no habría tenido más que pasar una semana vigilándolo, ya que ese tiempo le habría bastado para averiguar cuantos movimientos realizaría durante el resto de las jornadas laborales del año.

Todos los días se levantaba a las 7.15 y se ponía uno de sus dos trajes negros de lana punteada. Salía de su casa, ubicada en el número 47 de Palmerston Drive, a las 7.55, después de haber desayunado indefectiblemente un huevo pasado por agua, dos tostadas y dos tazas de té. Cuando llegaba al andén 1 de la estación de Sevenoaks compraba el *Daily Express* antes de subir al 827 para desplazarse hasta Cannon Street. Durante el trayecto leía el periódico mientras fumaba dos cigarrillos y, justo al dar las 9.07 se apeaba en Cannon Street. A continuación, se encaminaba hacia la oficina para estar sentado en el escritorio de su cubículo acristalado de la sexta planta, frente a la primera de las reclamaciones que tendría que resolver, a las 9.30.Se permitía un descanso para tomar el café en cuanto el reloj marcaba las 11, pausa que aprovechaba para deleitarse con otros dos cigarrillos a la vez que divertía a sus compañeros con los triunfos imaginarios de sus hijos. A las 11.15 retomaba sus tareas.

A las 13.00se ausentaba de la gran catedral gótica (otra de sus expresiones predilectas) durante una hora, tiempo que pasaba en el Havelock, una taberna donde tomaba media pinta de Carlsberg con un toque de lima y comía el plato del día. Tras el almuerzo fumaba otro par de cigarrillos. A las 13.55 reanudaba la gestión de los seguros, hasta que a las 16.00 llegaba el descanso de quince minutos para el té, el siguiente ritual durante el que consumir dos cigarrillos adicionales. Nada más dar las 17.30 cogía el paraguas y el maletín de acero reforzado, en uno de cuyos costados llevaba las iniciales s. h. c. bañadas en plata, y dejaba la oficina, no sin antes haber cerrado el cubículo acristalado con dos vueltas de llave. Mientras atravesaba la sala de mecanografía, entonaba con un mecánico tono desenfadado «Hasta mañana a la misma hora, chicas», tarareaba algún que otro compás de *Sonrisas y lágrimas* según bajaba en el ascensor y se sumaba al torrente de oficinistas que inundaban High Holborn. Regresaba con paso resuelto a la estación de Cannon Street, golpeteando la acera con la punta del paraguas y sin poder evitar rozar sus hombros con los de los banqueros, los consignatarios de buques, los magnates del petróleo y los corredores de bolsa, satisfecho con la idea de formar parte de la gran City de Londres.

Al llegar a la estación, compraba el *Evening Standard* y una cajetilla de diez cigarrillos de Benson & Hedges en el quiosco de Smith's, artículos que luego colocaba encima de los documentos de la Prudential que había introducido previamente en el maletín. Se montaba en el cuarto vagón del convoy en el andén 5 a las 5.50 y se aseguraba su asiento de ventanilla favorito en un compartimento cerrado, orientado hacia delante, junto al caballero medio calvo que siempre sostenía entre las manos un ejemplar del *Financial Times* y frente a la elegante secretaria que acostumbraba a leer largas novelas románticas de camino a alguna estación más lejana que Sevenoaks. Antes de sentarse, sacaba del maletín el *Evening Standard* y la nueva cajetilla de Benson & Hedges, la cual apoyaba sobre aquel, encima del reposabrazos, y recogía el maletín y el paraguas, enrollado con minuciosidad, en el portaequipajes que bordeaba la pared del compartimento. Una vez que terminaba de acomodarse, abría la cajetilla y fumaba el primero de los dos cigarrillos que reservaba para el viaje dedicado al *Evening Standard*. Así dispondría de otros ocho pitillos que fumar antes de coger el tren de las 5.50 al día siguiente.

Cuando el tren entraba en la estación de Sevenoaks, les deseaba buenas noches entre dientes a sus compañeros de compartimento (lo único que decía en todo el trayecto), se apeaba y volvía derecho al adosado sito en el 47 de Palmerston Drive, cuya puerta cruzaba poco antes de las 18.45. Desde ese momento y hasta las 19.30 terminaba de leer el periódico o ayudaba a sus hijos a hacer los deberes, chasqueando la lengua cada vez que se equivocaban en algo, o dando un suspiro cuando las matemáticas modernas podían con él. A las 19.30 su buena mujer (otra expresión que le hacía especial gracia) colocaba frente a él, ya sentado a la mesa de la cocina, o bien el plato del día de la *Woman's Own*, o bien su cena predilecta, que combinaba tres palitos de pescado empanados, también llamados «dedos de pez», con un acompañamiento de guisantes y patatas fritas. Seguidamente aseveraba «Si Dios hubiera querido que los peces tuvieran dedos, les habría dado manos», se reía de la ocurrencia, bañaba los rectángulos de pescado en salsa de tomate y procedía a degustar las viandas mientras su esposa enumeraba los acontecimientos de la jornada. A las 21.00

escuchaba las noticias de verdad en la BBC 1 (nunca sintonizaba la ITV) y a las 10.30 se echaba a dormir.

Esta rutina se repetía todos los días del año, salvo por los paréntesis que se abrían con las vacaciones, durante las que, como cabía esperar, Septimus se atenía a una rutina distinta. Unas Navidades las pasaban en Watford, donde vivían los padres de Norma, y las siguientes en Epsom, con la hermana y el cuñado de Septimus; y en verano, el punto culminante del año para la familia, disfrutaban de una estancia organizada de dos semanas de duración en el hotel Olympic de Corfú.

A Septimus no solo le gustaba llevar este estilo de vida, sino que se angustiaba si, por la razón que fuese, su rutina sufría la mínima alteración. Y no albergaba el menor deseo de abandonar jamás esta existencia monótona, pues no era del tipo de hombres en los que un escritor podría basar una historia de doscientas mil palabras. Así y todo, hubo una ocasión en la que la rutina de Septimus no solo se vio interrumpida, sino que, de hecho, quedó completamente despedazada.

Una tarde, a las 17.27, cuando Septimus se disponía a dar carpetazo a la última reclamación del día, su superior inmediato, el subdirector, lo llamó para tratar sobre un asunto del trabajo con él. Debido a la flagrante falta de consideración de su jefe, Septimus no pudo abandonar la oficina hasta pasadas las 18.00. Aunque ya no quedaba nadie en la sala de mecanografía, no dejó de despedirse de las mesas vacías y de las máquinas de escribir enmudecidas con el invariable «Hasta mañana a la misma hora, chicas», ni de tararear un par de compases de *Edelweiss* mientras bajaba en el ascensor. Apenas hubo salido de la gran catedral gótica, se puso a llover. De mala gana, desplegó el paraguas que con tanto esmero había enrollado, se cubrió con él y echó a correr entre los charcos con la esperanza de llegar a tiempo para coger el tren de las 18.32. Cuando llegó a Cannon Street, hizo cola para comprar el periódico y el tabaco, que guardó en el maletín antes de darse otra carrera hasta el andén 5. Para colmo, ahora la megafonía anunció, con un poco trabajado tono de disculpa, que esa tarde se habían cancelado tres salidas debido a una huelga del sector.

Al cabo, Septimus consiguió dejar atrás la multitud empapada y bulliciosa y se montó en el sexto vagón de un tren que no aparecía en los horarios. Observó que estaba atestado de gente a la que no había visto nunca y, peor aún, apenas quedaban asientos libres. De hecho, el único sitio que encontró estaba en medio del tren, orientado hacia atrás. Dejó el maletín y el paraguas arrugado en la rejilla del portaequipajes y se apretujó en el asiento con renuencia, antes de recorrer el vagón con la mirada. No conocía a ninguno de los otros seis ocupantes del compartimento. Una mujer y sus tres hijos llenaban sobradamente el asiento de delante y un anciano dormía a placer a la izquierda de él. A su otra mano, con el cuerpo inclinado hacia la ventana, tenía a un chico de unos veinte años.

Cuando se fijó mejor en él, no dio crédito a sus ojos. El joven vestía una chaqueta de cuero negro y unos tejanos ceñidos al máximo y no paraba de silbar. Llevaba el cabello moreno engominado, con el flequillo peinado hacia arriba y los lados hacia abajo, y lo único que combinaba de su aspecto era el color de la chaqueta y el de las uñas. Sin embargo, lo peor de todo para alguien tan quisquilloso como Septimus era el lema que llevaba escrito con tachuelas en la espalda. Heil Hitler declaraba con toda su desvergüenza por encima de la esvástica blanca del fondo, pero por si no bastara con eso, bajo la cruz gamada relucía otro mensaje escrito con letras doradas: A tomar por culo. ¿Qué iba a ser de este país?, se preguntó Septimus. Tendrían que reinstaurar el servicio militar para meter en vereda a delincuentes como este. A Septimus, no obstante, lo declararon no apto en su momento por tener los pies planos.

Convencido de que lo mejor sería ignorar a aquel botarate, cogió la cajetilla de Benson & Hedges que había colocado en el reposabrazos, encendió un cigarrillo y se puso a leer el *Evening Standard*. Volvió a dejar el tabaco en el reposabrazos, como hacía siempre, con la idea de fumarse el segundo antes de llegar a Sevenoaks. Cuando al fin el tren salió de Cannon Street, el joven vestido de negro se giró hacia Septimus y, con una mirada torva, le quitó la cajetilla, extrajo un cigarrillo, lo encendió y empezó a darle caladas. Septimus se negaba a creer lo que estaba ocurriendo. Iba a protestar cuando recordó que no contaría con el respaldo de sus compañeros de viaje habituales. Consideró la situación por un momento y concluyó que lo mejor sería refrenarse, pues lo cortés no quitaba lo valiente (otro de sus dichos).

Cuando el convoy hizo una parada en Petts Wood, Septimus dejó a un lado el periódico, aunque no hubiera llegado a leer ni media línea, y como hacía casi siempre, sacó el segundo cigarrillo. Lo encendió y dio una chupada, y en el momento de ir a coger de nuevo el *Evening Standard*, el joven sujetó el diario por la esquina, de tal modo que acabaron desplegando y sosteniendo el periódico entre los dos. Esta vez Septimus sí que miró a su alrededor en busca de apoyo. Los niños de enfrente se reían por lo bajo mientras su madre porfiaba en mirar a otra parte, obviamente sin querer saber nada de lo que estaba pasando; el anciano que viajaba a la izquierda de Septimus había empezado a roncar. Septimus iba a guardarse la cajetilla en el bolsillo cuando el botarate se le adelantó, hizo salir otro pitillo y lo encendió, y después de dar una profunda calada, liberó el humo con toda su intención contra la cara de Septimus, para luego volver a poner la cajetilla en el reposabrazos. La mirada feroz con que le respondió Septimus irradiaba toda la malevolencia que fue capaz de proyectar a través de la niebla grisácea. Con los dientes apretados de pura rabia, retomó el *Evening Standard*, pero entonces se dio cuenta de que ya solo conservaba las secciones de las ofertas de empleo, de compraventa de coches de segunda mano y de deportes, por ninguna de las cuales sentía el menor interés. No obstante, le quedaba el consuelo que hallaba en la certeza de que los deportes eran lo único que de verdad podía querer aquel palurdo. En cualquier caso, ahora Septimus ya no se sentía capaz de seguir leyendo nada, temblando como estaba tras el ultraje perpetrado por su vecino de compartimento.

Comenzaba a gestarse en su cabeza la idea de vengarse, de manera que poco a poco le dio forma a una estrategia con la que estaba seguro de que a aquel joven le quedaría claro que a veces no había mayor recompensa que hacer lo correcto (una variante de otra de sus máximas). Desplegó una sonrisa prieta y, quebrantando su rutina, extrajo un tercer cigarrillo para después, desafiante, dejar la cajetilla en el reposabrazos. El tarambana apagó la colilla y, como si aceptase el reto, recogió el paquete, sacó un pitillo y lo encendió. Septimus no se amilanó en absoluto; se apresuró a aspirar el humo del tabaco, apagó el cigarrillo, a medio terminar, sacó un cuarto cigarrillo y lo encendió al instante. La carrera había comenzado, pues ya solo quedaban dos pitillos. Pero Septimus, entregado a un frenesí de caladas y toses, logró terminar antes que el joven. Estiró el brazo por delante de él y apagó los restos en el cenicero de la ventanilla. Una densa nube de humo flotaba ahora en el compartimento, pero el mequetrefe seguía chupando tan rápido como podía. Los niños habían empezado a toser y la mujer agitaba los brazos como si de un molino de viento se tratara. Septimus la ignoró y mantuvo la mirada puesta en la cajetilla mientras fingía leer qué probabilidades tenía el Arsenal en la Copa de la Asociación Inglesa.

Entonces Septimus recordó aquello que decía Montgomery sobre recurrir al factor sorpresa en el momento preciso para asegurarse la victoria. Cuando el joven apuró el cuarto cigarrillo y apagó la colilla, el tren aminoró la marcha para entrar en la estación de Sevenoaks. El sucedáneo de nazi levantó la mano, pero esta vez Septimus fue más rápido. Había anticipado la siguiente jugada de su enemigo y pudo apoderarse de la cajetilla. Sacó el noveno pitillo y, tras ponérselo entre los labios, lo encendió lenta y fastuosamente, dando la calada más profunda de la que fue capaz antes de expeler el humo en plena cara de su oponente. El joven rebelde lo miró atónito. Septimus sacó el último cigarrillo y lo retorció entre el índice y el pulgar hasta desmenuzarlo, a la vez que recogía los restos en la cajetilla vacía. Por último, cerró el paquetito dorado con esmero y, con una floritura, volvió a dejarlo en el reposabrazos. Aprovechó que había bajado la mano para coger de su asiento, ahora vacío, la sección de deportes del *Evening Standard*, que rasgó hasta reducirla primero a dos mitades y luego a sucesivas cuartas, octavas y dieciseisavas partes, todas las cuales dejó bien apiladitas sobre el regazo del badulaque.

Al cabo, el tren se detuvo en Sevenoaks. Septimus, triunfante tras el golpe que acababa de asestar en favor de la mayoría silenciosa, sacó el paraguas y el maletín del portaequipajes y se giró para salir.

Al bajar el maletín, este se golpeó contra el reposabrazos que tenía delante, y con la fuerza del impacto la tapa se abrió de súbito. Todos los ocupantes del compartimento se quedaron mirando el contenido. Porque allí, sobre los documentos de la Prudential, acababan de aparecer un ejemplar perfectamente doblado del *Evening Standard* y una cajetilla de diez cigarrillos de Benson & Hedges aún por abrir.

EL TROPIEZO DE HENRY

Cuando en 1900 nació el primer hijo del gran pachá (que ya tenía doce hijas de seis esposas distintas), le dio a la criatura el nombre de Henry, en honor a su rey de Inglaterra predilecto. Henry había llegado a este mundo con más dinero bajo el brazo del que pudiera imaginar el más hastiado de los recaudadores de impuestos y, por lo tanto, parecía estar destinado a llevar una plácida vida de ociosidad.

El gran pachá, que gobernaba una población de diez mil familias, opinaba que con el tiempo solo quedarían cinco reyes en el mundo: el de espadas, el de copas, el de oros, el de bastos y el de Inglaterra. Tan profunda era su convicción, que decidió que Henry debía educarse con los británicos. Así, cuando el niño cumplió ocho años, tuvo que abandonar El Cairo para iniciar su etapa educativa, tan joven que el alboroto, el calor y la suciedad de su ciudad natal pronto se convirtieron para él en un recuerdo vago. Comenzó una nueva vida en la Dragon School, de la que los consejeros del gran pachá le aseguraron que era la escuela primaria más selecta del país. El niño salió de esta institución cuatro años después, tras haber descubierto su pasión por el polo y su aversión a las clases. Con las calificaciones académicas mínimas, pasó a Eton, del que los consejeros del gran pachá le aseguraron que era el mejor internado de Europa. Celebró saber que aquel instituto lo había fundado su rey predilecto. De esta manera, residió durante cinco años en Eton, donde añadió el *squash*, el golf y el tenis a la lista de sus pasiones, y las matemáticas aplicadas, el *jazz* y las carreras a campo traviesa a la de sus aversiones.

Al salir del instituto tampoco despertó la menor admiración entre el profesorado. Aun así, se le consiguió una plaza en el Balliol College, perteneciente a la Universidad de Oxford, dela que los consejeros del gran pachá le aseguraron que era la mejor del mundo. Durante los tres años que invirtió en el Balliol sumó otras dos pasiones: los caballos y las mujeres; pero asimismo desarrolló una aversión inextirpable ala política, la filosofía y la economía.

Al término de sus días en la facultad, y sin haber causado ninguna buena impresión entre los examinadores, abandonó los estudios sin haberse licenciado. Su padre, quien consideraba que los dos goles que el joven Henry le había metido a Cambridge en el partido de polo eran un desenlace más que satisfactorio de su etapa universitaria, le organizó al chico un viaje alrededor del mundo para que completara su formación. Henry disfrutó la experiencia, y obtuvo más conocimientos en el hipódromo de Longchamp y en las callejuelas de Bengasi de los que había adquirido nunca durante su formación oficial en Inglaterra.

El gran pachá había estado orgulloso del alto, sofisticado y apuesto muchacho, que regresó a Inglaterra un año después, con un levísimo acento extranjero, si no hubiera muerto antes de que su amado hijo llegara a Southampton. Henry, si bien sintió un vacío infinito en el corazón, no lo sintió en el bolsillo, ya que su padre le había legado veinte millones en bienes conocidos, entre los que se contaban una regalada de caballos de carreras en Suffolk, un yate de treinta metros en Niza y un palacio en El Cairo. Pero, sin lugar a duda, lo más importante que su padre había puesto a su disposición era el sirviente más profesional de todo Londres, un tal

128

Godfrey Barker. Barker era capaz de organizarlo o reorganizarlo todo, incluso sin ninguna antelación.

Henry, a falta de otra cosa más provechosa que hacer, se alojó en la suite que su padre había ocupado en el Ritz, sin molestarse en leer la sección de ofertas de empleo de *The Times*. De hecho, abrazó sin el menor remordimiento una vida de entrega a toda suerte de placeres, la única carrera para la que Eton, Oxford y su riqueza heredada lo habían preparado aceptablemente. A decir verdad, tenía, pese al encanto y la elegancia que derrochaba, el suficiente sentido común para elegir con acierto a aquellos que podían acompañarlo y aumentar la implacable minuta junto con él. Solo eligió a algunos amigos de la escuela y la universidad, los cuales, si bien en ningún caso habían nacido en una cuna tan alta como la suya, no eran de los que venían suplicándote que les prestaras cinco libras para pagar las deudas de sus apuestas.

Cuando le preguntaban cuál había sido el primer amor de su vida, siempre le costaba decidirse entre los caballos y las mujeres, y puesto que le era posible pasar el día con los unos y la noche con las otras sin provocar los celos ni las iras de nadie, nunca se tomó la molestia de resolver la cuestión. Muchos de sus caballos eran magníficos sementales, veloces y de contornos esbeltos, con el cuerpo aterciopelado, los ojos negros y las extremidades firmes; una descripción que en gran medida podría aplicarse a las mujeres con las que se relacionaba, solo que en el caso de estas serían más bien potrancas. Henry se enamoró y desenamoró de todas y cada una de las bailarinas del Palladium de Londres, y cuando esta serie de flirteos llegó a su fin, Barker se encargó de que todas y cada una de las artistas recibieran el regalo adecuado, con el propósito de garantizar que no hubiera escándalos. Además, Henry ganó todas las carreras clásicas de los hipódromos ingleses antes de cumplir los treinta y cinco, y Barker siempre parecía conocer la información necesaria para apoyar a su señor.

La vida de Henry pronto se estancó en la rutina, pero no en el tedio. Un mes lo pasaba en El Cairo atendiendo sus negocios; los tres siguientes se quedaba en el sur de Francia, estancia que aprovechaba para hacer alguna escapada a Biarritz; y los restantes ocho se alojaba en el Ritz. Durante los cuatro meses que se encontraba fuera de Londres la suntuosa suite con vistas a St. James's Park permanecía desocupada. Nunca estuvo claro que Henry siguiera pagando la habitación durante sus ausencias si le desagradaba la idea de que algún desconocido chapotease en el baño de mármol empotrado en el suelo o si no quería molestarse en pasar por recepción dos veces al año para registrar sus llegadas y sus salidas. La dirección del Ritz nunca trató esta cuestión con el padre, de modo que ¿por qué iba a tratarla con el hijo? Estos hábitos se perpetuaban a lo largo del año, salvo cuando tenía que hacer algún viaje a París aquellas veces en que una muchacha inglesa conseguía llevarlo a un paso del altar. Si bien todas las chicas que conocían a Henry querían casarse con él, no pocas le habrían dado el «sí, quiero» aunque hubiera estado en la ruina. No obstante, Henry no veía ninguna razón por la que serle fiel a una única mujer. «Tengo cientos de caballos y cientos de amigos —argüía cuando le preguntaban al respecto—. De modo que ¿por qué iba a limitarme a una sola pareja?». Sus interlocutores nunca sabían darle una razón de peso con la que rebatir su lógica.

La historia de Henry habría terminado ahí si hubiera seguido llevando la vida que el destino parecía haberle deparado, pero incluso alguien como él podía sufrir un tropiezo.

Con el paso de los años Henry dejó de hacer ningún tipo de planes, pues sabía por experiencia (y porque contaba con su habilísimo sirviente, Barker) que con una fortuna incalculable se podía tener cuanto se quisiera en el último minuto, y además asumir después los gastos que pudieran surgir. Aun así, ni siquiera Barker logró elaborar un plan de contingencia con el que reaccionar a las declaraciones que

Chamberlain realizó el 3 de septiembre de 1939, cuando anunció que el pueblo británico había entrado en la guerra contra Alemania. A juicio de Henry, había sido muy desconsiderado por parte de Chamberlain el haber declarado la guerra justo ahora, cuando las competiciones de Wimbledon y de Oaks estaban tan próximas, y aún más desconsiderada le parecía la recomendación que el Ministerio del Interior le hizo meses más tarde, conforme a la cual Barker debía dejar de atender al gran pachá para, hasta nuevo aviso, ponerse al servicio de su majestad el rey.

¿Qué iba a hacer el pobre Henry? A sus cuarenta años le sería imposible adaptarse a ninguna residencia que no fuera el Ritz, y además los alemanes por los que se había cancelado Wimbledon también estaban ocupando el George V de París y el Negresco de Niza. A medida que transcurrían las semanas y que las probabilidades de que se produjera una invasión aumentaban un poco más cada día, Henry llegó a la desagradable conclusión de que no le quedaría más remedio que regresar a El Cairo, un país neutral, y permanecer allí hasta que los británicos ganasen la guerra. Porque nunca consideró, ni por asomo, la posibilidad de que los británicos perdieran. Al fin y al cabo, habían ganado la Primera Guerra Mundial y, por ende, tenían que ganar la Segunda. Podía decirse que si algo había aprendido bien durante los tres años que pasó en Oxford era que «la historia siempre se repite».

Llamó al director del Ritz y le dijo que la suite debía permanecer desocupada hasta su regreso. Le pagó un año por adelantado, plazo que a su parecer era más que suficiente para despachar a un arribista como *herr* Hitler, y partió hacia El Cairo. Más adelante, algunos oyeron como el director comentaba que el hecho de que el gran pachá se marchara a Egipto resultaba muy irónico porque, a fin de cuentas, no había nadie más británico que él.

Cuando llevaba un año alojado en el palacio de El Cairo, concluyó que no soportaba más a sus compatriotas, de manera que se trasladó a Nueva York cuando ya no faltaba mucho para que la situación derivara en un cara a cara con Rommel. Una vez que llegó a Nueva York, se estableció en el hotel Pierre de la Quinta Avenida, contrató a un sirviente norteamericano que se llamaba Eugene y esperó a que Churchill le pusiera fin al conflicto. Acaso con el ánimo de demostrar que nunca dejaría de prestarles apoyo a los británicos, cada uno de enero enviaba un cheque al Ritz para abonar los gastos de su habitación durante los siguientes doce meses.

El día en que se declaró la victoria sobre Japón, Henry salió a celebrarlo con el millón de estadounidenses que se habían congregado en Times Square e inmediatamente después se puso a planificar el regreso a Gran Bretaña.Se llevó una sorpresa, e incluso una decepción, cuando la embajada británica de Washington le informó que aún podría pasar un tiempo antes de que le permitieran volver al país que tanto amaba, y pese a que en ningún momento dejó de ejercer presiones ni de tratar de influir a sus contactos, le fue imposible subir en el barco que lo llevaría a Southampton hasta julio de 1946. Desde la cubierta de primera clase les dijo adiós con la mano a los Estados Unidos y a Eugene, deseoso de reencontrarse con Inglaterra y con Barker.

Nada más desembarcar y volver a pisar suelo inglés, fue derecho al Ritz, donde comprobó que su habitación seguía tal como la había dejado. Según podía ver, no se había producido ningún cambio, aunque su sirviente, ahora ordenanza de un general, habría de permanecer en las fuerzas armadas al menos seis meses más. Henry estaba decidido a sumarse al esfuerzo bélico sobreviviendo sin él hasta que finalizase el servicio, y siempre que recordaba lo que solía decirle, «Todo el mundo sabe quién es usted. Nada va a cambiar», se convencía de que todo saldría bien. De hecho, en el escritorio de la suite del Ritz encontró una invitación para que fuese a cenar con lord y lady Lympsham a su casa de Chelsea Square la siguiente noche. Daba la impresión de que Barker estaba en lo cierto: todo seguiría como siempre. Henry firmó una respuesta afirmativa a la invitación, alentado por la idea de que podría retomar su vida en Inglaterra en el punto exacto donde la había dejado.

A la mañana siguiente llegó a Chelsea Square cuando pasaban unos minutos de las ocho. Los Lympsham, un matrimonio de ancianos que no podría haber colaborado en las operaciones bélicas en modo alguno, parecían no haberse dado cuenta siquiera de que la guerra había tenido lugar, ni de que Henry se había ausentado de la escena social londinense. Su mesa, aunque austera, seguía siendo tan elegante como Henry la recordaba y, lo que era aún más importante, también vio allí sentada a una mujer que no conocía. Se llamaba Victoria Campbell, según supo Henry por su anfitrión, y resultó ser la hija de otro de los invitados, el general sir Ralph Colquhoun. Mientras degustaban los huevos de codorniz, lady Lympsham le susurró a Henry que la pobre criaturita había perdido a su esposo cuando los aliados tomaron Berlín, escasos días antes de que los alemanes se rindieran. Por primera vez, Henry se sintió culpable por no haberse involucrado de alguna manera en el enfrentamiento.

No consiguió apartar los ojos de la joven Victoria en toda la cena, cuya belleza clásica solo se veía igualada por su conversación inteligente y animada. Temía estar mirando con descaro a aquella chica morena y esbelta de pómulos marcados; se sentía como si estuviera admirando una hermosa escultura y necesitara tocarla. Su sonrisa cautivadora siempre provocaba otra sonrisa en aquellos a quienes se la dirigía. Henry hizo cuanto estaba en su mano para que le dedicara la siguiente, premio que recibió en varias ocasiones, consciente de que, por primera vez en su vida, se había enamorado de forma irremediable, de lo cual estaba encantado.

El cortejo que dio comienzo a continuación fue de lo más inusual para Henry, que no intentó persuadir a Victoria en ningún momento para que lo aceptara. Se mostró comprensivo y atento, y cuando ella dio su duelo por concluido, Henry fue a hablar con sir Ralph para pedirle la mano de su hija. Henry no cabía en sí de puro gozo cuando el general le dio su bendición y Victoria aceptó. Después de publicar un anuncio en *The Times*, celebraron su noviazgo con una sencilla cena de gala en el Ritz, a la que asistieron los ciento veinte amigos más allegados de la pareja, a los que se les debía perdonar que hubieran concluido que Attlee exageraba con su programa de austeridad. Cuando el último de los invitados abandonó el salón, Henry llevó a Victoria a la casa del padre de esta, en Belgrave Mews, paseo durante el que hablaron de los preparativos de la boda y de lo que él tenía planeado para la luna de miel.

—Quiero que todo sea perfecto para ti, ángel de mi corazón —le dijo él mientras una vez más se deleitaba con el modo en que el largo cabello moreno de su prometida se enroscaba sobre sus hombros—. Nos casaremos en St.Margaret's, en Westminster, y después del banquete en el Ritz, nos llevarán a Victoria Station, donde te presentaré a Fred, el maletero más veterano. Fred nunca permitiría que otro mozo llevase mi equipaje hasta el último vagón del Golden Arrow. Porque hay que viajar siempre en el último vagón, amor mío —le explicó Henry—, para que los demás pasajeros no lo molesten a uno.

A Victoria le impresionó la minuciosidad con que Henry lo estaba organizando todo, sobre todo porque ahora no contaba con la ayuda de su sirviente, Barker.

Henry hablaba cada vez con mayor entusiasmo.

—En cuanto nos hayamos acomodado en el Golden Arrow, nos servirán un té chino y unos sándwiches de salmón ahumado cortado en lonchas finas de los que disfrutaremos mientras nos relajamos de camino a Dover. Cuando lleguemos al puerto del canal, nos recibirá Albert, a quien Fred ya habrá avisado. Albert sacará el equipaje del vagón, pero no antes de que haya salido todo el mundo del tren. A continuación, nos acompañará hasta el barco, donde tomaremos un jerez con el capitán mientras guardan nuestras cosas en el camarote número tres. Al igual que mi padre, siempre ocupo el mismo; no solo es el más espacioso y cómodo, sino que además está ubicado en el centro del barco, de manera que la travesía será de lo más placentera, incluso si por desgracia hubiera mal tiempo. Y cuando hayamos atracado en Calais, nos estará esperando Pierre, que ya lo tendrá todo preparado en el primer vagón del Flèched'Or.

—Para organizar un programa así se deben tener en cuenta multitud de detalles —supuso Victoria, cuyos ojos de color avellana destellaban mientras oía a su futuro esposo describirle el viaje prometido.

—Diría que, más que de organizarse, es cuestión de observar las tradiciones, amor mío —le respondió Henry con una sonrisa mientras paseaban de la mano por Hyde Park—. Aun así, debo confesar que antes Barker estaba pendiente de todo por si surgía cualquier contratiempo. De todas maneras, siempre he elegido el primer vagón del Flèched'Or porque te permite bajar del tren y salir de la estación antes de que nadie se dé cuenta de que has llegado a la capital francesa. Nadie salvo Raymond, claro está.

—¿Raymond?

—Sí, Raymond, un sirviente modélico que adoraba a mi padre. Nos habrá traído una botella de Veuve Clicquot del 37 y un caviar ruso para el viaje. También se habrá cerciorado de que haya un sofá en el vagón por si necesitases descansar, amor mío.

—Parece que has pensado en todo, mi amado Henry —dijo ella cuando llegaban a Belgrave Mews.

—Celebro que lo valores, Victoria, porque cuando lleguemos a París, ciudad que no he tenido ocasión de visitar desde hace demasiados años, habrá un Rolls-Royce esperándonos junto al vagón, con la puerta abierta, para que podamos bajar del Flèched'Or y subir directamente al coche, en el que Maurice nos llevará al George V, del que se podría decir que es el hotel más distinguido de toda Europa. Louis, el director, aguardará en la escalinata del hotel para recibirnos y nos conducirá a la suite nupcial, desde la que gozaremos de unas asombrosas vistas de la ciudad. Una doncella nos deshará el equipaje mientras te das un baño y descansas del fatigoso viaje. Cuando te hayas repuesto, cenaremos en Maxim's, donde Marcel, el *maître* más refinado del mundo, nos acompañará hasta la mesa más alejada de la orquesta. Una vez que te hayas sentado, los músicos comenzarán a tocar *Una habitación con vistas*, mi melodía predilecta, y entonces nos servirán la más exquisita langosta que hayas degustado jamás, eso te lo puedo asegurar.

Los prometidos llegaron a la puerta de la modesta casa de Belgrave Mews donde vivía el general. Henry tomó a Victoria de la mano antes de continuar.

—Después de cenar, amor mío, daremos un paseo hasta la Madeleine, donde te compraré un ramo de rosas rojas en la tienda de Paulette, la más bella de las floristas de París. Es casi tan adorable como tú. —Tras dar un suspiro, Henry concluyó—: Por último, regresaremos al George V y pasaremos nuestra primera noche juntos.

Prendió en los ojos de color avellana de Victoria un brillo de emoción.

—Ojalá pudiera ser mañana mismo —deseó.

Henry le dio un beso galante en la mejilla y dijo:

—La espera valdrá la pena, amor mío. Te garantizo que ninguno de los dos olvidaremos nunca ese día.

—Estoy segura de eso —respondió Victoria cuando él le soltó la mano.

Llegado el día de la boda, Henry se levantó de un salto y descorrió las cortinas con una floritura, que le permitió encontrarse con una ininterrumpida llovizna.

—Para las once habrá escampado —dijo en voz alta con absoluta convicción para, acto seguido, afeitarse lenta y cuidadosamente mientras tarareaba una tonadilla.

A media mañana el tiempo seguía sin mejorar. De hecho, la lluvia había arreciado cuando Victoria entró en la iglesia. La decepción de Henry se esfumó de súbito en el momento en que vio a la hermosa novia; lo único en lo que acertaba a pensar era en llevarla a París. Terminada la ceremonia, el gran pachá y su esposa se detuvieron frente a la iglesia, la pareja perfecta, sonriendo para los fotoperiodistas mientras los leales invitados los recibían entre salvas de arroz humedecido. En cuanto la etiqueta se lo permitió, se dirigieron a la sala del Ritz donde se celebraría el banquete. Entre los dos lograron conversar unos minutos con todos y cada uno de los asistentes, y habrían logrado marcharse incluso antes si Victoria se hubiera cambiado un poco más rápido y el brindis del general por la feliz pareja hubiera sido muchísimo más corto. Los invitados se congregaron en la escalinata del Ritz, invadiendo la acera de Piccadilly para despedirse de los recién casados y desearles una feliz luna de miel, sin nada más que un ancho toldo rojo para protegerlos del aguacero.

El gran pachá y su esposa se montaron en el Rolls-Royce del general para trasladarse a la estación, donde el chófer descargó el equipaje. Henry le indicó que regresara al Ritz, puesto que lo tenía todo bajo control.

—Espero que disfruten de un viaje de ensueño, señor —dijo el chófer tocándose la gorra antes de retirarse.

Henry se giró en todas direcciones, buscando a Fred con la mirada. Al no ver rastro de él, llamó a un mozo que pasaba cerca de ellos.

—¿Dónde está Fred? —le preguntó.

—¿Fred qué más? —contestó el mozo.

—¿Y cómo rayos voy a saberlo? —dijo Henry.

—Entonces ¿cómo diablos quiere que lo sepa yo? —replicó el maletero.

Victoria empezó a tiritar. Las estaciones de ferrocarril inglesas no estaban diseñadas para vestir lo último en abrigos de seda.

—Si no te importa, lleva nuestro equipaje al último vagón —le ordenó Henry.

El mozo miró los catorce bultos.

—Cómo no —dijo de mala gana.

Henry y Victoria aguardaron pacientes en el frío andén mientras el mozo cargaba las maletas en el carro, que comenzó a empujar hasta el otro extremo de la estación.

—No te preocupes, amor mío —dijo Henry—. Toma una taza de lapsang souchong, prueba los sándwiches de salmón ahumado y te sentirás como nueva.

—Estoy bien —aseguró Victoria con una sonrisa, que no fue tan cautivadora como siempre, mientras tomaba a su marido del brazo. Así cogidos, se encaminaron hacia el último vagón.

—¿Me permitiría ver sus billetes, señor? —lo abordó el revisor, que les cerró el paso.

—¿Mis qué? —dijo Henry, con un acento más pronunciado de lo habitual.

—Sus bi-lle-tes —repitió el revisor, consciente de que se estaba dirigiendo a un extranjero.

—En otras ocasiones siempre he realizado este trámite a bordo del tren, buen hombre.

—Ya no se hace así, señor. Tendrá que dirigirse a la taquilla y comprar los billetes como todo el mundo, y le recomiendo que se dé prisa, porque el tren saldrá dentro de cinco minutos.

Henry miró estupefacto al revisor.

—Doy por hecho que mi esposa podrá descansar en el tren mientras yo compro los billetes —inquirió.

—No, lo siento mucho, señor. No se permite subir a nadie al tren si no lleva un billete válido.

—Aguarda aquí, amor mío, resolveré esta pequeña contrariedad en un momento —le dijo Henry a Victoria—. ¿Serías tan amable de indicarme dónde está la taquilla, mozo?

—Al fondo del andén, señor gobernador —le espetó el revisor, que cerró de golpe la puerta del vagón, molesto por que lo hubieran llamado «mozo».

Eso no era precisamente lo que Henry entendía por «dar indicaciones». Aun así, dejó a su esposa con los catorce bultos y, no sin alguna renuencia, se acercó a la taquilla que había al otro extremo del andén 4, donde se colocó al principio de una larga fila de viajeros.

—¡Eh, amigo, hay que guardar cola! —le gritó alguien.

Henry no lo sabía.

—Llevo mucha prisa —arguyó.

—Y yo también —le respondieron—, así que a la cola.

Henry siempre había oído que a los ingleses se les daba muy bien guardar cola, pero como hasta entonces nunca había necesitado ponerse en ninguna, no tenía forma de corroborar ni de desestimar el rumor. A regañadientes, si situó al final de la fila. Pasó un tiempo considerable antes de que llegara al principio.

—Me gustaría ocupar el último vagón del tren a Dover.

—¿Que le gustaría qué?

—El último vagón —repitió Henry, levantando un tanto la voz.

—Lo siento, señor, pero todos los asientos de primera clase están ocupados.

—No quiero un asiento —aclaró Henry—. Lo que pido es el vagón al completo.

—Hoy en día ya no hay vagones disponibles, señor, y, como le decía, todos los asientos de primera clase están vendidos. Pero todavía le puedo acomodar en tercera clase.

—No me importa lo que cueste —insistió Henry—. Debo viajar en primera clase.

—No quedan asientos de primera clase, señor. Y de nada serviría que pudiera permitirse ocupar el tren entero.

—Podría —dijo Henry.

—Aun así, no tengo ningún asiento libre en primera clase —dijo el taquillero sin demasiado ánimo de ayudarlo.

Henry habría seguido insistiendo, pero varias personas de la cola le estaban recordando que el tren saldría dentro de dos minutos y que ellos querían cogerlo aunque a él no le interesase.

—Dos asientos, entonces —accedió Henry, que apenas se vio capaz de balbucir—: de tercera clase.

El taquillero deslizó hacia él por debajo de la rejilla dos billetes verdes con destino a Dover. Henry los cogió y se dispuso a retirarse.

—Serían diecisiete chelines con seis peniques, señor.

—Ah, sí, cómo no —dijo Henry a modo de disculpa. Rebuscó en su bolsillo y desplegó uno de los tres grandes y blancos billetes de cinco libras que siempre llevaba encima.

—¿No tendría algo más ajustado?

—No, no lo tengo —dijo Henry, que ya encontraba bastante vulgar el hecho de portar dinero en los bolsillos como para que además fuese en pequeñas cantidades.

El taquillero le devolvió cuatro libras y media corona. Henry recogió las cuatro libras y dejó la media corona a modo de propina.

—Muchas gracias, señor —dijo el hombre sorprendido. Era más de lo que recibiría como extra por trabajar en sábado.

Henry se guardó las tarjetas en el bolsillo y regresó aprisa con Victoria, que sonreía estoica pese a las corrientes frías de la estación; un gesto que no terminaba de ser el mismo que aquel que lo cautivó cuando se conocieron. El mozo había desaparecido hacía un buen rato y Henry no vio a ningún otro cerca de ellos. El revisor comprobó sus billetes y se los picó.

—¡Viajeros al tren! —voceó, para después agitar un banderín verde y tocar el silbato.

Henry se apresuró a lanzar las catorce maletas al interior del vagón y a ayudar a subir a Victoria cuando el tren iniciaba la marcha antes de montar también él de un salto. Una vez que recobró el aliento, cruzó el pasillo asomándose a los compartimentos de tercera clase. Era la primera vez que los veía. Los asientos eran simples cojines desgastados, y justo cuando dio con un compartimento medio vacío, una pareja joven llegó a la carrera y ocupó las dos últimas plazas juntas. Henry buscó a la desesperada otro compartimento, pero no encontró dos asientos libres contiguos. Victoria ocupó sin quejarse una plaza aislada de un compartimento atestado, mientras que Henry se sentó abatido en el pasillo, encima de una de las maletas.

—Todo será distinto cuando lleguemos a Dover —dijo, aunque sin su aplomo característico.

—Seguro que sí, Henry —le respondió ella con una sonrisa amable.

El viaje de dos horas parecía interminable. Una y otra vez, los otros pasajeros, de toda índole y de todos los tamaños, pasaban por su lado, apretándolo contra la pared del pasillo y pisoteando sus Lobb de cuero hechos a mano, a la vez que le decían:

—Lo siento, señor.

—Disculpe, jefe.

—Perdona, amigo.

Henry le echó la culpa de todo a Clement Attlee y su absurda campaña por la igualdad social y, sin poder hacer mucho más, esperó a que el tren llegara a la estación de Dover Priory. En cuanto el convoy se detuvo, Henry se apeó de un salto antes que nadie, en vez del último de todos, y llamó a Albert a voz en grito. No sucedió nada, salvo que los viajeros desmontaron en estampida y estuvieron a punto de arrollarlo al trasladarse al barco. Al cabo, Henry vio a un mozo y se acercó aprisa a él, pero entonces reparó en que el hombre estaba cargando el carro con los bultos de otro pasajero. Henry corrió hacia un segundo mozo y luego hacia un tercero, y agitó sobre la cabeza un billete de una libra mientras llamaba al cuarto, que acudió en el acto y descargó las catorce maletas.

—¿Adónde, jefe? —le preguntó el maletero con actitud amigable.

—Al barco —dijo Henry, que volvió a buscar a su esposa.

Después de ayudar a Victoria a apearse del tren, ambos echaron a correr bajo la lluvia y no pararon hasta que llegaron, sin aliento, a la pasarela de la nave.

—Billetes, por favor —les solicitó un joven oficial que vestía un uniforme azul marino y que controlaba el acceso a la pasarela.

—Siempre ocupo el camarote número tres —dijo Henry entre resuellos.

—Por supuesto, señor —respondió el joven, que consultó su portapapeles. Henry miró a Victoria seguro de sí mismo.

—Señor y señora William West.

—¿Disculpe? —dijo Henry.

—Usted debe de ser el señor William West.

—Desde luego que no. Yo soy el gran pachá de El Cairo.

—En ese caso, lo siento, señor, el camarote número tres está registrado a nombre del señor William West y familia.

—El capitán Rogers jamás me había tratado de un modo tan desdeñoso —se quejó Henry con un acento aún más pronunciado—. Mande a alguien a buscarlo de inmediato.

—El capitán Rogers cayó en combate, señor. Ahora es el capitán Jenkins quien gobierna este barco, y nunca abandona el puente cuando quedan menos de treinta minutos para zarpar.

La exasperación de Henry empezaba a transformarse en pánico.

—¿No tiene un camarote libre?

El joven oficial comprobó la lista.

—No, señor, me temo que no. El último lo han ocupado hace unos minutos.

—¿Podría comprar dos billetes? —preguntó Henry.

—Por supuesto, señor —afirmó el joven oficial—. Pero tendrá que adquirirlos en la taquilla del muelle.

Henry concluyó que alargar la discusión solo le serviría para perder más tiempo, de modo que giró sobre los talones y, sin más, dejó a su esposa con el mozo que les había traído las maletas. Se dirigió a la taquilla con paso decidido.

—Dos billetes de primera clase para Caláis —dijo con voz firme.

El taquillero miró a Henry con cansancio desde el otro lado de la ventanilla.

—Ahora todas las plazas son de la misma clase, señor, a menos que se ocupe un camarote.

Le expendió dos billetes.

—Será una libra justa.

Henry le dio un billete del importe exacto, recogió los pases y regresó aprisa a la pasarela.

El mozo estaba dejando las maletas en el suelo.

—¿No podrías subirlas a bordo —exclamó Henry— y bajarlas a la bodega?

—No, señor, ya no. Solo los pasajeros pueden acceder al barco después de la señal de diez minutos.

Victoria tomó los dos bultos más pequeños mientras Henry subía y bajaba varias veces para cargar los doce restantes. Cuando terminó, se sentó en la cubierta, agotado. Todas las plazas parecían estar ya ocupadas. Le costaba decidir si tenía frío a causa de la mojadura o si tenía calor por el esfuerzo que había hecho. Victoria mantuvo su sonrisa cincelada en la cara cuando le tendió la mano a Henry.

—No te preocupes, cariño —le dijo—. Relájate y disfruta de la travesía; nos lo pasaremos muy bien aquí en cubierta los dos juntos.

El barco se alejó pausadamente de las aguas tranquilas de la bahía rumbo al estrecho de Dover. Más avanzada la noche, el capitán Jenkins le dijo a su esposa que aquel recorrido de cuarenta kilómetros había sido una de las peores experiencias de su vida. A esto añadió que había estado a punto de dar media vuelta cuando el segundo de a bordo, un veterano que había combatido en dos guerras, fue presa de las arcadas más violentas que había sufrido nunca. De hecho, tanto Henry como Victoria se pasaron el viaje inclinados sobre la barandilla, desprendiéndose de cuanto habían ingerido durante el banquete. Nadie se había alegrado nunca tanto como ellos de ver tierra firme cuando divisaron en el horizonte la costa de Normandía. Desembarcaron dando tumbos y bajaron las maletas una a una.

—Quizá en Francia todo sea distinto —dijo Henry sin demasiadas esperanzas, y después de mirar aprisa a su alrededor en busca de Pierre, fue derecho a la taquilla y compró dos billetes de tercera clase para el Flèche d'Or. Al menos en esta ocasión pudieron sentarse juntos, solo que en un compartimento en el que también viajaban otros seis pasajeros, además de un perro y una gallina. Los seis pasajeros le dejaron claro a Henry que agradecían la moderna costumbre de fumar en los espacios públicos, y también la vieja costumbre de añadir ajo a la comida. Quizá en otras circunstancias habría vuelto a marearse, pero ahora no le quedaba nada en el estómago. Consideró la idea de recorrer el tren de punta a punta en busca de Raymond, pero temía que eso solo le sirviera para que le quitaran el asiento junto a Victoria. Dejó de intentar mantener una conversación con ella pese al alboroto del perro, la gallina y la cháchara de los galos, y se limitó a mirar por la ventanilla para contemplar los paisajes rurales franceses y, por primera vez en su vida, fijarse en los nombres de las sucesivas estaciones por las que pasaban.

Cuando llegaron a la Gare du Nord, optó por no molestarse en buscar a Maurice e ir directamente a la parada de taxis más cercana. Cuando terminó de mover las catorce maletas, ya estaba al final de la cola. Victoria y él esperaron allí durante algo más de una hora, arrastrando todos los bultos poco a poco hasta que al fin llegó su turno.

—*Monsieur?*

—¿Habla mi idioma?

—*Un peu, un peu.*

—Hotel George v.

—*Oui, mais je ne peux pas mettre toutes les valises dans le coffre.*

En consecuencia, Henry y Victoria tuvieron que ir apretujados en el asiento de atrás, magullados, exhaustos, empapados, hambrientos y atrapados entre sus maletas de cuero, mientras el coche traqueteaba sobre los adoquines de camino al George V.

El portero del hotel salió aprisa a ayudarlos mientras Henry le tendía al taxista un billete de una libra.

—Yo toma no dinero inglés, *monsieur*.

Henry no daba crédito a sus oídos. El portero se ofreció a pagar gustosamente al conductor en francos y se guardó aprisa en el bolsillo el billete de una libra. Henry estaba demasiado cansado para decir nada. Ayudó a Victoria a subir la escalinata de mármol y se dirigió al mostrador de recepción.

—El gran pachá de El Cairo y su esposa. La suite nupcial, por favor.

—*Oui, monsieur.*

Henry sonrió a Victoria.

—¿Tiene la confirmación de su reserva?

—No —dijo Henry—. Hasta la fecha nunca he necesitado confirmar una reserva en este hotel. Antes de la guerra me…

—Lo siento, señor, pero todas las habitaciones están ocupadas ahora mismo. Un congreso.

—¿También la suite nupcial? —preguntó Victoria.

—Sí, señora, el presidente y su mujer, ya me entienden—dijo el recepcionista, que se contuvo para no guiñarles un ojo.

Henry, sin embargo, no entendía nada. Antes siempre había habido una habitación disponible para él en el George V cuando la había necesitado. Llevado por la desesperación, desdobló el segundo billete de cinco libras y lo deslizó por el mostrador.

—Ah —dijo el recepcionista—, veo que en efecto nos queda una habitación libre, pero me temo que no es muy grande.

Henry agitó la mano con languidez.

El recepcionista pulsó con la palma de la mano el timbre que tenía ante sí en el mostrador, y en el acto acudió un botones para acompañarlos a la habitación prometida. El recepcionista les había dicho la verdad. Para Henry aquella estancia no podía pasar de la categoría de trastero. La razón por la que las cortinas no podían descorrerse era que las vistas a las chimeneas de París resultaban muy poco atractivas, pero eso no era lo peor, como comprobó Henry cuando reparó, incrédulo, en las dos estrechas camas individuales. Victoria se puso a deshacer el equipaje sin mediar palabra mientras Henry se sentaba con desaliento al borde de una de ellas. Después Victoria, ya toda mojada, se metió en una bañera que parecía hecha a la medida de un niño de seis años, y al salir se tendió rendida en la otra cama. Ninguno de los dos hizo ningún comentario durante la siguiente hora.

—Vamos, amor mío —dijo Henry al cabo—. Bajemos a cenar.

Renuente, Victoria se levantó solo por complacerlo y se vistió para salir mientras Henry, sentado en el baño con las rodillas pegadas a la nariz, se aseaba como podía antes de ponerse una ropa más elegante. Esta vez llamó por teléfono a recepción para pedir un taxi y reservar mesa en Maxim's.

En esta ocasión el taxista sí aceptó el billete de una libra, pero cuando los recién casados entraron en el lujoso restaurante, Henry no reconoció a nadie y nadie lo reconoció a él. Un camarero los llevó hasta una estrecha mesa encajada entre otras dos parejas, justo al pie de la orquesta. En ese preciso instante, los músicos empezaron a tocar *Alexander's Ragtime Band*.

Ambos eligieron lo que más les apetecía de la completísima carta, y la langosta resultó ser tan exquisita como Henry había asegurado, pero después ninguno de los dos tenía estómago para terminar todo lo que había pedido, de modo que la mayor parte de sus respectivos platos se quedó en la bandeja.

A Henry le costó convencer al nuevo *maître* de que la langosta les había parecido excelente y de que no habían venido ex profeso a

Maxim's para después no comer apenas. Durante el café, tomó a Victoria de la mano e intentó disculparse.

—Pongámosle fin a este absurdo —le dijo— y acabemos de seguir mi plan, del que ya solo queda que vayamos a la Madeleine para que te obsequie con las flores prometidas. Paulette no estará en la plaza y no podrás conocerla, pero seguro que hay algún puesto donde comprar un ramo de rosas.

Henry pidió la cuenta, desplegó el tercer billete de cinco libras (en Maxim's nunca ponían reparos si les pagaban con moneda extranjera y, por supuesto, tampoco le importunaron devolviéndole el cambio) y salió de la mano con su esposa de camino a la Madeleine. Por una vez, Henry estaba en lo cierto, ya que no vio rastro de Paulette. Una anciana con un chal sobre la cabeza y una verruga en la aleta de la nariz ocupaba su lugar en la esquina de la plaza, rodeada de las flores más bellas.

Henry elaboró un ramo con las rosas rojas que tenían el tallo más largo y lo acomodó entre los brazos de su esposa. La anciana sonrió a Victoria.

Victoria le devolvió el gesto.

—*Dix francs, monsieur* —le dijo la florista a Henry.

Henry rebuscó en su bolsillo, momento en que cayó en la cuenta de que había gastado todo el dinero. Miró desesperado a la anciana, que levantó las manos y, sonriendo de nuevo, le dijo:

—No te preocupes, Henry, va por cuenta de la casa. Por los viejos tiempos.

CUESTIÓN DE PRINCIPIOS

Sir Hamish Graham tenía muchas de las cualidades y casi todos los defectos característicos de quien nacía en una familia escocesa de clase media. Había recibido una buena educación y era trabajador y honrado, pero al mismo tiempo se le podía tildar de estrecho de miras, de intransigente y de orgulloso. Ni una sola vez en toda su vida se había permitido acercarse a los labios una bebida demasiado fuerte, y además desconfiaba de todo aquel que no hubiera nacido al norte del Muro de Adriano, así como de muchos de los que sí.

Tras finalizar sus estudios en la Fettes School, en la que disfrutó de una modesta beca, y en la Universidad de Edimburgo, donde se licenció como ingeniero con la calificación de notable, lo seleccionaron de entre doce candidatos para que entrase como aprendiz en la constructora multinacional TarMac (así llamada en honor a su fundador, J. L. McAdam, quien descubrió que el alquitrán —*tar*, en inglés— mezclado con grava conformaba el mejor material con el que tender calzadas). El nuevo aprendiz, a fuerza de trabajo concienzudo y de métodos intransigentes, se convirtió en el jefe de proyectos más joven y detestado de la empresa. Cuando cumplió los treinta ya lo habían nombrado vicedirector de la compañía, aunque comenzaba a intuir que no progresaría mucho más mientras siguiera trabajando para otros. Así, empezó a considerar la idea de iniciar su propio negocio. Cuando dos años más tarde el presidente de TarMac, sir Alfred Hickman, le brindó la oportunidad de sustituir al director, quien tenía planeado jubilarse en breve, presentó su dimisión en el acto. Al fin y al cabo, si sir Alfred creía que estaba capacitado para dirigir TarMac, también debía de tener las aptitudes necesarias para llevar su propia empresa.

Al día siguiente, el joven Hamish Graham concertó una cita con el director de la sede del Bank of Scotland de su ciudad, quien gestionaba la cuenta de TarMac, y con el que se había entendido durante los últimos diez años. Graham le explicó lo que tenía planeado, le entregó una propuesta detallada por escrito y le solicitó que le ampliaran el crédito al descubierto de cincuenta libras a diez mil. Tres semanas más tarde, Graham supo que su petición había sido aprobada. Sin abandonar su residencia de Edimburgo, alquiló un despacho en el norte de la ciudad (un cuartito, para ser más exactos, que le costaba diez chelines a la semana). Compró una máquina de escribir, contrató a una secretaria y pidió un lote de hojas de carta con membrete pero sin relieve. Transcurrido otro mes, que dedicó diligentemente a entrevistar a distintos candidatos, eligió a dos ingenieros, ambos graduados por la Universidad de Aberdeen, y a cinco peones desempleados de Glasgow.

Durante aquellas primeras semanas de trabajo por cuenta propia, Graham licitó diversos contratos menores para construir una serie de carreteras en la región central de las Tierras Bajas de Escocia, si bien los primeros siete les fueron concedidos a la competencia. Preparar una licitación siempre es un proceso muy complicado y a menudo bastante caro, de modo que a los seis meses de haber emprendido su negocio, Graham empezó a preguntarse si marcharse de TarMac de un día para otro no habría sido una decisión demasiado temeraria. Por primera vez en su vida, dudó de sí mismo, aunque sus tribulaciones no tardaron en disiparse cuando el consejo del condado de Ayrshire aceptó su licitación para construir un ramal que habría de unir una futura escuela con la carretera principal. Aunque la longitud de este tramo era de solo medio kilómetro, el pequeño equipo de Graham tardó siete meses en completar las obras, y cuando se hubieron pagado todas las facturas y se hubo cubierto el resto de los gastos, el balance de Graham Construction arrojaba unas pérdidas netas de 143 libras, 10 chelines y 6 peniques.

No obstante, en la columna del haber figuraba un ligero aumento de su reputación, gracias a la cual, y pese a su cualidad inmaterial, el consejo de Ayrshire lo invitó a levantar la escuela a la que llevaba el nuevo ramal. Este contrato le reportó a Graham Construction unos beneficios de 420 libras, aparte de un fortalecimiento de su reputación. En adelante, la compañía adquirió cada vez mayor solidez, de tal manera que cuando llevaba tres años en el negocio, sir Hamish pudo declarar un pequeño beneficio bruto, el cual no dejó de crecer durante los siguientes cinco años. Cuando Graham Construction entró en la bolsa londinense, se produjo una demanda de acciones diez veces superior a la estimada, de tal modo que nada más llegar al parqué adquirió la categoría de valor seguro, algo que para Graham fue uno de los mayores logros de su carrera. También era cierto que en la City siempre gustaban los empresarios que progresaban poco a poco y de los que se sabía que huirían de cualquier riesgo innecesario.

Durante los años 60, Graham Construction dio forma a decenas de autopistas, hospitales y fábricas, e incluso a una central eléctrica, pero el trabajo del que más se enorgullecía el presidente de la empresa era el de la recién terminada galería de arte de Edimburgo, el único contrato que había dado pérdidas en el informe de cuentas anual. Sin embargo, en la columna de ganancias inmateriales figuraba la concesión del título de caballero al presidente.

Sir Hamish decidió que había llegado el momento de que Graham

Construction abarcase nuevos campos, lo que lo llevó a interesarse (como hicieran incontables generaciones de escoceses antes que él)por el mercado natural del Imperio británico. Comenzó a operar en Australia y en Canadá con sus propios recursos, y en India y en África gracias a una subvención del gobierno británico. En 1963 *The Times* lo nombró «Empresario del año» y tres años más tarde, *The Economist* le dio el título de «Presidente del año».Sir Hamish nunca cambió de filosofía para adaptarse a los nuevos tiempos y, si acaso, se obcecó aún más en la idea de que su forma de hacer negocios era la adecuada, pensaran los demás lo que pensasen; de hecho, la columna del haber le daba toda la razón.

A principios de los 70, cuando la crisis golpeó el sector, Graham Construction sufrió el mismo recorte de presupuestos y la misma pérdida de contratos que sus principales competidores. Sir Hamish reaccionó de la forma más previsible y se apretó el cinturón, de forma que redujo los gastos todo lo que pudo, pero siempre negándose en redondo a traicionar sus principios empresariales. En consecuencia, la compañía se resintió y muchos de los ejecutivos jóvenes más emprendedores renunciaron a su puesto para integrarse en otras empresas a las que no les parecía del todo mal apostar por algún que otro contrato arriesgado.

Con todo, *sir* Hamish no empezó a preocuparse hasta que vio que la línea que representaba los beneficios iniciaba un brusco descenso. Una noche, mientras pensaba en el historial de pérdidas y beneficios que la empresa había registrado durante los tres últimos años, y al caer en la cuenta de que estaba perdiendo contratos incluso en su Escocia natal, llegó a la incómoda conclusión de que no le quedaría más remedio que licitar obras donde no conociera el terreno de antemano e incluso asumir algún que otro riesgo.

Su ejecutivo más prometedor, David Heath, un soltero corpulento de mediana edad en el que no confiaba del todo (a fin de cuentas, había estudiado al sur de la frontera y, aún peor, en una extraña institución de los Estados Unidos a la que llamaban Wharton Business School), quería que *sir* Hamish se adentrara en terreno mexicano. México, como Heath se apresuró a señalarle, había descubierto unas vastas reservas de petróleo en su costa oriental, y de la noche a la mañana había empezado a nadar en dólares estadounidenses. El negocio de la construcción en México era de pronto de lo más lucrativo, y cada día se licitaban nuevos contratos en los que se manejaban cantidades de hasta treinta o cuarenta millones de dólares. Heath urgió a sir Hamish a competir por una de esas obras, que recientemente se había anunciado a página completa en *The Economist.* El gobierno mexicano había comenzado a publicar los documentos del concurso referente al proyecto de una carretera de circunvalación que abrazaba la capital, Ciudad de México. En un artículo de la sección de negocios del *Observer* se daban razones muy detalladas de por qué las compañías británicas consolidadas deberían intentar hacerse con la obra de circunvalación. En el pasado Heath le había dado consejos muy acertados sobre los contratos de ultramar que después él no había tenido ningún problema en desoír.

A la mañana siguiente, sir Hamish, sentado ante su escritorio, escuchaba atentamente a David Heath, quien opinaba que por el mero hecho de que Graham Construction ya había levantado las carreteras de circunvalación de Glasgow y de Edimburgo, el gobierno mexicano daría preferencia a su candidatura. Para su sorpresa, sir Hamish se mostró de acuerdo con el jefe del proyecto y aprobó que se reuniera un equipo de seis miembros para que viajase a México con el propósito de que consiguiera los documentos de la licitación e investigara la propuesta.

Esta avanzada, encabezada por David Heath, se conformaba de otros tres ingenieros, un geólogo y un contable. Cuando el grupo llegó a México, obtuvo la documentación en el Ministerio de Obras Públicas y procedió a estudiarla a fondo. Después de haber identificado los principales escollos, salieron a recorrer Ciudad de

México con los oídos bien abiertos y la boca bien cerrada, para después elaborar una lista con los problemas que sin ninguna duda se encontrarían: la imposibilidad de descargar un pedido de material en Veracruz y transportarlo seguidamente hasta la capital sin que robasen la mitad de la mercancía por el camino, la falta de comunicación entre los distintos ministerios y, lo peor de todo, la aversión que los mexicanos le tenían al trabajo. No obstante, el elemento más positivo que David Heath incluyó en la lista fue el hecho de que todos los ministros contaran con un colaborador para los asuntos de exteriores, cuya simpatía Graham Construction debería granjearse si se quería contar entre los candidatos más probables. Sin perder un solo instante, Heath se puso en contacto con el colaborador del ministro de Obras Públicas, un tal Víctor Pérez, al que invitó a un copioso almuerzo en la Fonda el Refugio, donde a ambos les faltó muy poco para acabar emborrachándose, si bien Heath se mantuvo lo bastante sobrio para pactar todas las condiciones imprescindibles, a falta del visto bueno de sir Hamish. Después de haber tomado todas las precauciones posibles, Heath acordó con Pérez una cantidad por la licitación que incluía el porcentaje para el ministro. Una vez que terminó de redactar el informe para el presidente, tomó un vuelo de regreso a Inglaterra junto con su equipo.

A la noche siguiente, sir Hamish se acostó temprano para estudiar las conclusiones del jefe del proyecto. Se quedó leyendo hasta la madrugada, de igual manera que otros se enganchaban a una novela de espías, y cuando terminó ya no le quedaba ninguna duda de que aquella era la oportunidad que necesitaba para superar el bache que Graham Construction estaba atravesando. Pese a que debería medirse con Costains, Sunleys y John Brown, además de con no pocas compañías de todo el globo, estaba seguro de que cualquiera de sus propuestas tendría más posibilidades que ninguna otra. Cuando por la mañana llegó a su despacho, mandó llamar a David Heath, quien celebró conocer la respuesta inicial del presidente a su informe.

Sir Hamish empezó a dar instrucciones en cuanto vio que el corpulento jefe del proyecto entraba por la puerta, sin invitarlo siquiera a que tomara asiento.

—Tiene que contactar de inmediato con nuestra embajada en Ciudad de México y ponerles al tanto de nuestras intenciones —decidió el presidente—. Puedo hablar yo mismo con el embajador —añadió con el objeto de dar la reunión por concluida.

—Eso no serviría de nada —opuso David Heath.

—¿Disculpe?

—No pretendo pecar de grosero, señor, pero las cosas ya no funcionan así. Gran Bretaña ya no es la gran potencia que concedía dádivas a toda suerte de destinatarios agradecidos por todo el mundo.

—Por desgracia —admitió sir Hamish.

El jefe del proyecto prosiguió como si no hubiera oído nada.

—Ahora los mexicanos cuentan con una inmensa fuente de riqueza propia, y Estados Unidos, Japón, Francia y Alemania disponen de grandes embajadas en Ciudad de México dotadas de delegaciones comerciales muy bien preparadas que intentan influir en todos los ministerios.

—Pero la historia tiene que jugar a nuestro favor —dijo sir Hamish—. Seguro que prefieren tratar con una empresa británica bien consolidada antes que con unos arribistas de…

—Tal vez, señor, pero al final lo único que de verdad importa es qué ministro está al cargo de qué contrato y quién lleva sus operaciones exteriores.

Sir Hamish lo miró desconcertado.

—No termino de entender a qué se refiere.

—Permítame explicárselo, señor. Conforme al sistema actual de México, cada ministro dispone de un presupuesto destinado a diversos proyectos aprobados por el gobierno. Los secretarios de

Estado saben muy bien que pueden durar muy poco tiempo en el cargo, de modo que suelen elegir para sí un contrato relevante de entre los muchos que tienen a su alcance. Es la única manera de asegurarse una pensión vitalicia si el gobierno cambia de un día para otro o si el ministro pierde el puesto sin más.

—No se ande con rodeos, señor Heath. Lo que me está sugiriendo es que soborne a un funcionario del Estado. En los treinta años que llevo haciendo negocios, jamás me he involucrado en ese tipo de asuntos.

—Y en absoluto pretendo que empiece ahora —aseguró Heath—. Los mexicanos saben demasiado sobre etiqueta empresarial como para cometer una torpeza así, pero mientras la ley exija que trabaje con un agente mexicano, tiene mucho sentido que intentemos fichar al colaborador del ministro, quien en el fondo es el único que puede garantizar que le concedan el contrato. El sistema parece funcionar bien, y siempre y cuando los ministros traten únicamente con empresas multinacionales acreditadas y no pequen de avaros, nadie pondrá ninguna traba. Basta con dejar de respetar cualquiera de estas dos reglas de oro para que el castillo de naipes se venga abajo: al ministro le caerá una condena de treinta años y a la empresa implicada se le expropiarán todos sus activos y se le prohibirá volver a hacer negocios en México.

—De ninguna manera pienso verme involucrado en semejantes chanchullos —dijo sir Hamish—. Debo tener en cuenta a mis accionistas.

—No es necesario que se involucre —replicó Heath—. Después de que hayamos licitado el contrato, solo nos quedará esperar a ver si la empresa entra en la lista de candidatos, y entonces, si hemos entrado, seguiremos esperando hasta que sepamos si el colaborador del ministro se va a poner en contacto con nosotros o no. Conozco a ese hombre, y si en efecto contacta con nosotros, podemos decir que hay trato. Al fin y al cabo, Graham Construction también es una compañía multinacional muy respetada.

—Usted lo ha dicho, y por eso mismo va en contra de mis principios —declaró el presidente con altivez.

—Espero, sir Hamish, que también vaya en contra de sus principios el permitir que los alemanes y los americanos nos birlen el contrato delante de nuestras narices.

Graham lanceó al jefe del proyecto con la mirada pero guardó silencio.

—Y permítame añadir, señor —continuó David Heath sin dejar de desplazar el peso del cuerpo de un pie a otro—, que dentro de Escocia no hemos tenido lo que se dice una gran cosecha que recoger últimamente.

—Está bien, está bien, siga adelante con esto —accedió sir Hamish de mala gana—. Establezca el presupuesto de la licitación por la carretera de circunvalación de Ciudad de México, pero que le quede clara una cosa: si pretende sobornar a alguien, toda la responsabilidad será suya—sentenció descargando el puño contra la mesa.

—¿Qué presupuesto le parece adecuado para esta licitación, señor? —preguntó el jefe del proyecto—. En mi opinión, como recogí en el informe, deberíamos fijar una cantidad inferior a los cuarenta millones de dólares.

—Me parece bien —aprobó sir Hamish, que guardó una breve pausa y sonrió para sí antes de continuar—. Déjelo en 39.121.110 dólares.

—¿Por qué esa cantidad en concreto, señor?

—Por motivos sentimentales —se limitó a decir sir Hamish.

David Heath salió del despacho, satisfecho por haber convencido a su jefe para ir hasta el final, aunque temía que le resultara más complicado sortear los principios de sir Hamish que cuantos obstáculos pudiera ponerle el gobierno mexicano. Aun así, rellenó los formularios de la licitación según las instrucciones acordadas y recogió en ellos las firmas de tres de los ejecutivos de la empresa, incluido el presidente, tal y como requerían las leyes mexicanas. Envió la propuesta por medio de un mensajero especial para que la entregara en el Ministerio de Obras Públicas, ubicado en el paseo de la Reforma (porque cuando se trata de presentar una licitación por un contrato de casi cuarenta millones de dólares, toda precaución es poca).

Transcurrieron varias semanas hasta que la embajada mexicana de Londres se puso en contacto con sir Hamish, al que solicitó que viajara a Ciudad de México para que se reuniese con Manuel Unichurtu, el ministro encargado de gestionar el proyecto de la carretera de circunvalación de la ciudad. Sir Hamish se mostró muy escéptico pero David Heath estaba exultante, puesto que ya había sabido por otras fuentes que la propuesta de Graham Construction era la única que estaban considerando seriamente por ahora, aunque todavía hubiera una o dos cuestiones relevantes en las que ponerse de acuerdo. David Heath sabía muy bien lo que eso significaba.

Una semana más tarde, sir Hamish (en primera clase) y David Heath (en clase turista) tomaron un vuelo en Heathrow rumbo al Aeropuerto Internacional de la Ciudad de México. Después de que aterrizaran, transcurrió una hora hasta que pasaron por la aduana y otra media hora hasta que encontraron un taxi que los llevara al centro, no sin que antes regatearan la estratosférica tarifa del conductor. Tardaron algo más de una hora en recorrer los veinticinco kilómetros que mediaban entre el aeropuerto y el hotel, lo que permitió a sir Hamish comprobar de primera mano por qué los mexicanos necesitaban una carretera de circunvalación con tanta urgencia. Incluso con las ventanillas bajadas, el coche de diez años era como un horno que hubiese estado toda la noche funcionando a su máxima potencia, pero aun así sir Hamish no se aflojó la corbata ni el cuello de la camisa en ningún momento. Se registraron y se retiraron a su respectiva habitación, llamaron por teléfono a la secretaria del ministro para ponerla al tanto de su llegada y esperaron.

Durante dos días, no sucedió nada.

David Heath le aseguró al presidente que aquel tipo de retrasos no era algo inusual en México, puesto que sin duda el ministro se pasaba el día de reunión en reunión, y le explicó que de hecho aquí la palabra «mañana» no siempre debía entenderse en el sentido literal.

Llegada la tarde del tercer día, cuando sir Hamish estaba decidido a volver a casa, David Heath recibió la llamada del colaborador del ministro, que aceptó unirse a ellos para cenar en la suite del presidente aquella misma noche.

Sir Hamish se vistió de etiqueta para la ocasión, pese a los intentos de David Heath por disuadirlo. Incluso pidió que subieran una botella de jerez fino La Ina por si al colaborador le apetecía una copa. Se preparó la mesa y a las siete y media los anfitriones estaban listos. El representante del ministro no apareció a esa hora ni quince minutos después, y tampoco a las ocho en punto, ni a las ocho y cuarto ni a las ocho y media. A las ocho y cuarenta y nueve, sin embargo, se oyó un golpetazo en la puerta. Sir Hamish masculló un reniego cuando David Heath fue a abrir y se encontró con su contacto allí plantado.

—Buenas noches, señor Heath, lamento mucho llegar tan tarde. He estado ocupado con el ministro, ya sabe.

—Sí, por supuesto —asintió David Heath—. Ha sido muy amable al venir, señor Pérez. Permítame presentarle al presidente de la compañía, sir Hamish Graham.

—¿Cómo está, sir Hamish? Victor Pérez a su servicio.

El industrial se hallaba estupefacto. Se había quedado mirando a aquel mexicano menudo de mediana edad que se había presentado a cenar ataviado como una camiseta blanca mugrienta y unos tejanos. Daba la impresión de que no se afeitaba desde hacía tres días, lo que a sir Hamish le trajo a la memoria a los bandidos de las películas de serie B que veía de niño. El hombre lucía también una gruesa pulsera de oro digna de Cartier y un colmillo de tigre colgado de la cadena de platino que llevaba al cuello y que bien podría haber comprado en Woolworth. Pérez sonrió de oreja a oreja, satisfecho del efecto que había causado.

—Buenas noches —respondió sir Hamish con sequedad a la vez que daba un paso atrás—. ¿Le apetece un jerez?

—No, gracias, sir Hamish. Me he aficionado a su *whisky*, con hielo y un poco de soda, como lo toman ustedes.

—Lo siento, solo tengo…

—No se preocupe, señor, yo tengo en mi habitación —dijo David Heath, que salió aprisa para traer la botella de Johnnie Walker que ocultaba bajo las camisas del cajón superior de la cómoda. Pese al apoyo escocés, la conversación que mantuvieron los tres hombres antes de empezar a cenar fue un tanto forzada, pero David Heath no había recorrido ocho mil kilómetros solo para compartir unas viandas de dudosa calidad en un hotel con Victor Pérez, quien a su vez, en otras circunstancias, no habría cruzado la calle para saludar a sir Hamish Graham, ni aunque este la hubiera construido solo para él. La charla transcurrió desde la reciente visita a México de su majestad la reina (como la llamaba siempre sir Hamish) hasta el viaje que el presidente Portillo planeaba hacer a Gran Bretaña para corresponder a la monarca. La reunión habría resultado menos incómoda si el señor Pérez no se lo hubiera comido casi todo con los dedos, que después se limpió en los pantalones. Cuanto más lo miraba sir Hamish sin dar crédito a sus ojos, más ensanchaba su sonrisa el mexicano menudo. Terminada la cena, David Heath creyó que era un buen momento para orientar la conversación hacia el verdadero motivo del encuentro, pero no antes de que sir Hamish hubiera tenido que llamar a regañadientes para pedir una botella de coñac y una caja de puros.

—Necesitamos a alguien que represente a Graham Construction Company en México, señor Pérez, y usted podría ser la persona más indicada —comenzó sir Hamish, sin estar en absoluto convencido de lo que acababa de decir.

—Llámeme Victor.

Sir Hamish asintió en silencio y se estremeció. A él nunca se le ocurriría decirle a aquel tipo que lo llamara sencillamente Hamish.

—Para mí sería un placer representarlos, Hamish —declaró Pérez—, siempre y cuando mis condiciones les parezcan aceptables.

—Quizá pueda detallarnos cuáles serían esas… em… condiciones —dijo un desabrido sir Hamish.

—Por supuesto —afirmó el mexicano menudo con jovialidad—. Me correspondería el diez por ciento de la cantidad señalada en la licitación, la primera mitad del cual se pagaría el mismo día en que obtuvieran el contrato; y la segunda, cuando presenten los certificados de cumplimiento. Yo no recibiría nada hasta que ustedes cobren sus honorarios, y mis pagos se depositarán en una cuenta del Credit Suisse de Ginebra, en un plazo máximo de siete días a contar desde que el Banco de México emita su cheque.

David Heath cogió aire de súbito y bajó la mirada hasta las baldosas del suelo.

—Pero con esas condiciones se llevaría casi cuatro millones de dólares —protestó sir Hamish, que ahora tenía la cara colorada—. Eso es más de la mitad de los beneficios que pretendemos obtener.

—Ese, como creo que dicen en Inglaterra, Hamish, es su problema, porque el precio de la licitación lo establecieron ustedes, no yo —le recordó Pérez—.En cualquier caso, ambas partes sacaríamos un buen pellizco, y diría que eso es lo justo, ya que nosotros aportamos la mitad de la ecuación.

Sir Hamish jugueteó con el nudo de su corbata sin saber muy bien qué decir. David Heath empezó a mirarse las uñas con repentino interés.

—Piénselo, Hamish —dijo Victor Pérez impasible—, y comuníqueme su decisión mañana al mediodía. A mí me da lo mismo una cosa que la otra. —El mexicano se levantó, le estrechó la mano a sir Hamish y salió de la suite. David Heath, que ahora empezaba a sudar, bajó con él en el ascensor. Cuando llegaron al vestíbulo le dio un húmedo apretón de manos.

—Buenas noches, Victor. Estoy seguro de que todo saldrá como esperamos… mañana al mediodía.

—Así lo espero —dijo el mexicano—, por el bien de ustedes. —Sin más, salió del vestíbulo silbando tranquilamente.

Sir Hamish seguía sentado a la mesa, con un vaso de agua en la mano, cuando el jefe del proyecto volvió a la habitación.

—No me puedo creer que ese… ese… personaje pueda representar al secretario de Estado, que represente a un ministro del gobierno.

—Me han asegurado que así es —dijo David Heath.

—Pero entregarle casi cuatro millones de dólares a un tipejo como ese…

—Estoy de acuerdo con usted, señor, pero así es como funcionan los negocios aquí.

—Me cuesta creerlo —insistió sir Hamish—. Me niego a creerlo. Quiero que me concierte una cita con el ministro mañana a primera hora.

—Dudo que al ministro le guste la idea, señor. El encuentro podría evidenciar sus intenciones y dejarlo en una posición demasiado incómoda.

—Me importa un comino que quede en una posición incómoda. Estamos hablando de soborno, ¿o es que voy a tener que deletreárselo, Heath? Un soborno de casi cuatro millones de dólares. ¿Acaso no tiene principios?

—Sí, señor, pero aun así no le aconsejo que se reúna con el secretario de Estado. Oficialmente, no querrá saber nada de la conversación que ha mantenido con el señor Pérez.

—Llevo casi treinta años dirigiendo esta empresa a mi manera, señor Heath, así que yo decidiré lo que a mí me interesa oficialmente.

—Por supuesto, señor.

—Me reuniré con el secretario de Estado mañana a primera hora. Ahora, si no le importa, concierte una cita.

—Si insiste, señor —desistió David Heath.

—Insisto.

El jefe del proyecto se retiró a su habitación, donde no logró conciliar el sueño en toda la noche. De madrugada salió y le hizo llegar una carta manuscrita de carácter confidencial al ministro, quien envió de inmediato un coche para recoger al industrial escocés.

Sir Hamish recorrió las calles de la ciudad, ruidosas y rebosantes de vida, en el Ford Galaxy negro del ministro, identificado con unas banderolas ondeantes. La gente se apartaba respetuosamente para abrir paso. El chófer detuvo la marcha frente al Ministerio de Obras Públicas, ubicado en el paseo de la Reforma, y guio a sir Hamish por los largos pasillos blancos hasta que llegaron a una sala de espera. Transcurridos unos minutos, una asistente lo invitó a pasar al despacho del secretario de Estado, donde la mujer se sentó junto a este. El ministro, un hombre de aspecto adusto al que no debía de faltarle mucho para cumplir los ochenta años, vestía un inmaculado traje blanco que combinaba con una camisa de igual color y una corbata azul. Se levantó, se inclinó sobre el amplio escritorio forrado de cuero verde y le tendió la mano.

—Por favor, sir Hamish, siéntese.

—Gracias —dijo Graham, que empezó a sentirse más a gusto cuando le echó un vistazo al despacho del ministro; del techo pendía un ventilador voluminoso que daba vueltas pausadas sin terminar nunca de refrescar la estancia, mientras quede la pared de detrás del ministro colgaba una foto firmada del presidente José López Portillo vestido de chaqué, y por último, bajo la foto, había una placa que mostraba un blasón.

—Veo que estudió en Cambridge.

—Así es, sir Hamish, fui miembro del Corpus Christi durante tres años.

—Entonces conocerá bien mi país.

—Guardo muchos y gratos recuerdos de mis estancias en Inglaterra, sir Hamish; de hecho, aún hoy sigo visitando Londres siempre que puedo.

—No deje de hacer también algún viaje a Edimburgo.

—Ya lo he hecho, sir Hamish. He asistido al Festival en un par de ocasiones, y ahora sé por qué a su ciudad se la conoce como la Atenas del norte.

—Está muy bien informado, señor ministro.

—Gracias, sir Hamish. Y ahora debo preguntarle en qué podría ayudarlo. La nota de su asistente me pareció un tanto ambigua.

—Antes permítame decirle, señor ministro, que es un honor para mi compañía el que se esté considerando su propuesta para el proyecto de la carretera de circunvalación de la ciudad, y espero que nuestros treinta años de experiencia en el sector de la construcción, veinte de ellos dentro del tercer mundo —Solo en el último momento se acordó de utilizar esta expresión en lugar de «países subdesarrollados», un concepto al que el jefe del proyecto le había comentado que era mejor no aludir—, sean la razón por la que ha visto en nosotros, como ministro al cargo de estas operaciones, la opción lógica para asumir el contrato.

—Por eso, y también porque tengo entendido que siempre terminan los trabajos a tiempo y al precio acordado —especificó el secretario de Estado—. Solo en dos ocasiones se ha tenido usted que presentar ante el cliente para solicitar una modificación en el calendario de pagos. Una vez en Uganda, cuando las absurdas exigencias de Amin terminaron por interrumpir las obras; y otra, si mal no recuerdo, en Bolivia, en un aeropuerto, cuando un terremoto provocó un inevitable retraso de seis meses. En ambos casos logró cumplir con el contrato al nuevo precio estipulado, pese a que, a juicio de mis consejeros, debió de perder dinero las dos veces. —El secretario de Estado se enjugó el sudor de la frente con un pañuelo de seda antes de continuar—. No quisiera que pensase que nuestro gobierno se toma este tipo de decisiones a la ligera.

Sir Hamish se quedó atónito ante lo bien que conocía su historial el secretario de Estado, sobre todo porque no se veía ningún resumen sobre la mesa forrada de cuero. De pronto se sintió culpable por no haber investigado nada sobre el trasfondo y la carrera de su interlocutor.

—Por supuesto que no, ministro. Su interés me halaga, por lo que me siento aún más en la obligación de abordar un tema embarazoso que ha…

—Antes de que diga nada más, sir Hamish, ¿le importa si le hago unas preguntas?

—Cómo no, ministro.

—¿El precio de 39.121.110 dólares le sigue pareciendo aceptable bajo cualquier circunstancia?

—Sí, señor ministro.

—¿Esta cantidad le permitirá hacer un buen trabajo y, al mismo tiempo, obtener el beneficio suficiente para su empresa?

—Sí, señor ministro, pero…

—Excelente, y ahora creo que ya solo tiene que decidir si quiere firmar el contrato hoy a mediodía. —El ministro pronunció este último vocablo con toda la claridad que pudo.

Sir Hamish, que nunca le había encontrado mucho sentido al dicho de «a buen entendedor pocas palabras bastan», porfió en su empeño.

—Hay, sin embargo, un aspecto del contrato del que creo que debería hablar con usted en privado.

—¿Seguro que lo cree conveniente, sir Hamish?

Graham titubeó, pero solo por un momento, antes de proseguir. Si David Heath hubiera participado en la reunión, se habría levantado para estrecharle la mano al secretario de Estado, habría destapado su estilográfica y se habría lanzado a firmar el contrato, pero no así su empleador.

—Sí, señor ministro, lo creo conveniente —respondió sir Hamish con firmeza.

—¿Sería tan amable de dejarnos a solas, señorita Vieites? —dijo el secretario de Estado.

La asistente cerró su cuaderno de taquigrafía, se levantó y salió del despacho. Sir Hamish esperó a que la puerta se cerrara antes de comenzar de nuevo.

—Ayer recibí la visita de un compatriota suyo, el señor Victor Pérez, que vive aquí, en Ciudad de México, y según el cual…

—Un hombre admirable —dijo el ministro a media voz.

Aun así, sir Hamish insistió.

—Sí, me inclinaría a pensar que lo es, señor ministro, pero pidió que se le permitiera actuar en representación de Graham Construction y me preguntaba…

—Una práctica habitual en México, como exige la ley —confirmó el ministro, que rotó su sillón para mirar por la ventana.

—Sí, entiendo que esa es la costumbre —dijo sir Hamish, que ahora le hablaba a la espalda del ministro—, pero si he de entregar el diez por ciento de la parte del gobierno, debo tener la seguridad de que una decisión así cuenta con su aprobación. —Sir Hamish estaba convencido de que lo había expresado bastante bien.

—Hm —respondió el secretario de Estado, que midió sus palabras—. Victor Pérez es un buen hombre y siempre le ha sido leal a la causa mexicana. Puede que a veces deje una impresión mejorable; no es que provenga de lo que se conoce como «la alta sociedad», sir Hamish, pero también es cierto que en México no hay distinción de clases. —El ministro volvió a girarse hacia Graham.

El industrial escocés se sonrojó.

—Por supuesto que no, señor ministro, pero si me lo permite, esa no sería la cuestión. El señor Pérez solicita que se le entreguen casi cuatro millones de dólares, que es más de la mitad de los beneficios que esperamos obtener con este proyecto, sin tener en cuenta las contingencias o accidentes que se pudieran producir hasta su finalización.

—La cantidad de la oferta la decidió usted, sir Hamish. Le confieso que me hizo gracia el que añadiera su fecha de nacimiento a los treinta y nueve millones.

Sir Hamish lo miró boquiabierto.

—Imaginaba —prosiguió el ministro— que dada la trayectoria que ha seguido durante los tres últimos años, a la que hay que sumar la situación actual de Gran Bretaña, no podría permitirse el lujo de poner reparos.

El ministro contempló sin inmutarse el gesto de asombro de sir Hamish. Ambos fueron a hablar al mismo tiempo. Sir Hamish se interrumpió.

—Permítame contarle algo sobre Víctor Pérez. Durante la época más cruda de la guerra (y aquí el anciano secretario de Estado se refería a la Revolución mexicana, del mismo modo que los estadounidenses piensan en Vietnam y los ingleses en Alemania cuando se habla de guerra), el padre de Víctor era uno de los jóvenes que servían a mi mando y que murieron luchando en Celaya apenas unos días antes de que nos alzásemos victoriosos. Dejó un hijo, nacido el día de la Independencia, que nunca llegó a conocer a su padre. Yo tengo el honor, sir Hamish, de ser el padrino de aquel niño. Lo bautizamos con el nombre de Víctor.

—Comprendo que asumiera esa responsabilidad al tratarse de un antiguo camarada, pero sigo pensando que cuatro millones son…

—¿De verdad? En ese caso, permítame que continúe. Justo antes de que el padre de Victor falleciera, fui a verlo a un hospital de campaña, encuentro durante el que solo me pidió una cosa: que cuidara de su mujer. Pero esta no sobrevivió al alumbramiento. Por tanto, me vi en el deber de hacerme cargo de la criatura.

Sir Hamish permaneció en silencio por un momento.

—La determinación que tomó me parece loable, señor ministro, pero ¿el diez por ciento de uno de sus contratos más importantes?

—Un día —prosiguió el secretario de Estado, como si no hubiera oído el comentario de sir Hamish—, el padre de Víctor estaba combatiendo en el frente de Zacatecas, y al otear un campo de minas divisó a un joven teniente, tendido boca abajo en medio del barro con una pierna destrozada. Sin pensar en lo que pudiera ocurrirle también a él, reptó por el campo de minas hasta que llegó a donde estaba el teniente, al que después arrastró poco a poco de regreso al campamento. Tardó más de tres horas. Por último, subió al teniente a un camión y lo llevó al hospital de campaña más cercano, con lo que sin duda le salvó la pierna y, quizá, incluso la vida. Así que, como ve, el gobierno tiene un buen motivo para concederle al hijo de Pérez el privilegio de representarlo de vez en cuando.

—Estoy de acuerdo, señor ministro —dijo sir Hamish con voz queda—. Me parece admirable. —El secretario de Estado sonrió por primera vez—. Pero admito que sigo sin entender por qué le concede un porcentaje tan desproporcionado.

El ministro frunció el ceño.

—Me temo, sir Hamish, que si no entiende algo así, nunca entenderá los principios por los que nos regimos los mexicanos.

Dicho esto, el secretario de Estado salió de detrás del escritorio y cojeó hasta la puerta para invitar a sir Hamish a marcharse.

EL PROFESOR HÚNGARO

Las coincidencias, según nos aconsejan a menudo a los escritores (casi siempre los críticos), son algo de lo que se debe huir, si bien en realidad la vida está plagada de incidentes que, en sí mismos, se antojan increíbles. Todo el mundo ha pasado por algún trance que, si lo plasmara por escrito, a quien lo leyera le parecería pura invención.

La misma semana en que los periódicos de todo el globo anunciaban RUSIA INVADE AFGANISTÁN. ESTADOS UNIDOS ABANDONA LAS OLIMPIADAS DE MOSCÚ apareció también un breve obituario en *The Times* por el distinguido catedrático de Inglés de la Universidad de Budapest.«Un hombre que nació y murió en su Budapest natal y cuya reputación está garantizada por las brillantes traducciones que hizo de las obras de Shakespeare al húngaro. Aunque algunos lingüistas califican su *Coriolano* de inmaduro, en general coinciden en que su *Hamlet* es una traducción propia de un genio».

Casi una década después de la Revolución húngara, se me brindó la oportunidad de participar en un evento deportivo estudiantil en Budapest. La competición duraría una semana, por lo que supuse que surgiría alguna ocasión para conocer mejor el país. El equipo aterrizó en el aeropuerto de Ferihegy el domingo por la noche, desde donde nos llevaron de inmediato al hotel Ifushag. (Más adelante supe que esta palabra significaba «juventud» en húngaro). Una vez que nos hubimos instalado, nos acostamos pronto, ya que las eliminatorias de la primera ronda se celebrarían al día siguiente.

Por la mañana desayunamos un vaso de leche, un par de tostadas y un huevo, todo servido en tres actos entre los que transcurrieron largos intervalos. Los que íbamos a correr por la tarde nos saltamos el almuerzo por temor a que la matiné se prolongara en exceso y llegásemos tarde a las pruebas.

Dos horas antes de que comenzase el encuentro, nos llevaron en autobús al Népstadion, donde nos apeamos frente a los vestuarios (un tipo de instalaciones del que siempre he creído que deberían llamarse «desvestuarios»). Nos pusimos la chaqueta deportiva y nos sentamos en unos bancos para esperar, muertos de los nervios, a que nos llamasen. Después de lo que nos pareció una eternidad, aunque en realidad solo hubieran transcurrido unos minutos, uno de los organizadores vino para llevarnos a la pista. Puesto que era el primer día de la competición, el estadio estaba a rebosar. Una vez que terminé con el *jogging*, los *sprints* y los estiramientos básicos que solía practicar a modo de calentamiento, se anunció por megafonía en tres idiomas el inicio de la carrera de cien metros. Me quité la chaqueta y me dirigí aprisa hacia la salida. Cuando me llamaron, apreté los clavos de las zapatillas contra los topes y esperé cada vez más tenso a que sonara el disparo del juez. *Felkészülni, Kész…* ¡PAM! Diez segundos después, la carrera había terminado, y lo bueno de haber quedado el último era que ahora dispondría de seis días completos para recorrer tranquilamente la capital húngara.

Pasear por Budapest me recordaba a mi infancia en Bristol, al término de la guerra, solo que con una diferencia fundamental. Además de los edificios bombardeados, en muchas de las paredes se enmarañaban los regueros de los orificios abiertos por las balas. Las consecuencias de la revolución, si bien había terminado ocho años atrás, seguían siendo muy patentes, tal vez porque la población no quería relegarla al olvido. La gente que uno se cruzaba por la calle tenía el rostro surcado de arrugas, vacío de cualquier tipo de emoción, y más que andar, arrastraba los pies, con lo que daba la impresión de que en aquel país solo quedasen ancianos. Si les preguntabas con toda tu inocencia por qué actuaban así, te decían que ya no tenían ningún motivo por el que darse prisa, ni por el que alegrarse, aunque parecían ser muy considerados los unos con los otros.

Llegada la tercera jornada de la competición, volví al Népstadion para animar a un amigo que iba a participar en las semifinales de los cuatrocientos metros valla, la cual iba a ser la primera prueba de aquella tarde. Puesto que tenía el pase de participante, podía ocupar el asiento que más me gustase del recinto medio vacío. Opté por ver la carrera desde encima de la última curva, donde había una buena perspectiva de la recta final. Me senté en el banco de madera sin fijarme en los espectadores que me rodeaban. Comenzó entonces la carrera, y cuando mi amigo llegó a la curva de la séptima valla y ya solo faltaban tres obstáculos por saltar antes de llegar a la meta, me puse de pie para vitorearlo efusivamente mientras recorría el último tramo. Se alzó con el tercer puesto, que le valió una plaza para la final del día siguiente. Volví a sentarme y anoté el resultado con todo detalle en el programa que llevaba conmigo. Me disponía a dejar las gradas, ya que no había más participantes de mi país en la pista de lanzamiento de martillo ni en la de salto con pértiga, cuando oí que alguien me hablaba.

—¿Es usted inglés?

—Sí —contesté a la vez que me giraba en la dirección de la que procedía la voz.

Vi a un señor mayor que me miraba. Llevaba un terno que ya

debía de estar anticuado cuando su padre lo vestía, y ni siquiera era uno de esos conjuntos que el tiempo tenía a bien volver a poner de moda. Las coderas de cuero me dejaron claro que el hombre vivía solo, pues solo un hombre podía haberlas cosido de aquella manera (o eso o tenía los codos en un lugar muy inhabitual). El largo de los pantalones revelaba que su padre era cinco centímetros más alto que él. Y en cuanto al anciano en sí, tenía el cabello encanecido, el bigote de una morsa y las mejillas coloradas. Sus ojos azules y cansados estaban siempre a medio cerrar, como el obturador de una cámara cuando acaba de tomar una fotografía. En su frente se acumulaban tantas arrugas que se le podía haber atribuido cualquier edad entre los cincuenta y los setenta años. En general, parecía un cruce entre un revisor de tranvía y un violinista sin trabajo.

Volví a sentarme.

—Espero no haberle molestado con mi curiosidad —añadió.

—Desde luego que no —dije.

—Es que no suelo tener la ocasión de conversar con ingleses nativos. Por eso, siempre que me encuentro con uno, no me lo pienso y agarro el toro por los cuernos. ¿Era así el dicho?

—Sí —le confirmé mientras pensaba en las expresiones húngaras que conocía yo: «Sí», «No», «Buenos días», «Adiós», «Me he perdido», «Ayuda».

—¿Participa en la competición estudiantil?

—Participaba, hasta hace poco —dije—. Me eliminaron muy rápido, el lunes.

—¿Quizá porque no fue lo bastante «rápido»?

Me reí, de nuevo admirándome ante su dominio de mi lengua materna.

—¿Cómo es que habla usted inglés tan bien? —inquirí.

—Me temo que lo tengo un poco abandonado —respondió el hombre—. Pero me siguen dejando enseñarlo en la universidad. Le confesaré que los deportes no me interesan en absoluto, aunque las ocasiones como esta suelen servirme para conocer a gente como usted y engrasar la maquinaria oxidada, aunque solo sea durante unos minutos. —Pese a su sonrisa cansada, se apreciaba ahora un cierto brillo en sus ojos.

—¿De qué región de Inglaterra es? —Por primera vez, el hombre titubeó en su pronunciación, de tal modo que «región» se convirtió en «région».

—De Somerset —respondí.

—Ah —dijo él—, tal vez el condado más bonito de toda Inglaterra. —Sonreí, porque pocos extranjeros conocen nada más allá de Stratford-on-Avon o de Oxford—. Recorrer en coche los Mendips —prosiguió—, a través de las lomas siempre verdecidas, y detenerse en Cheddar para visitar las cuevas de Cough; en Wells para divertirse un rato con los cisnes negros que hacen sonar la campana de la pared de la catedral; o en Bath para maravillarse ante el estilo de vida de la Roma clásica; y después quizá bordear los límites del condado y seguir hasta Devon… ¿Se podría decir que Devon es todavía más bonito que Somerset, a su juicio?

—De ninguna manera —zanjé.

—Tal vez su opinión sea un tanto sesgada —se rio—. Ahora permítame comprobar si recuerdo bien:

Al oeste se congregan los siete condados
Y sin duda el de Devon es el más adorado

»Quizá Blackmore, al igual que usted, tenía una opinión sesgada y solo acertaba a pensar en su querida Exmoor, en la aldea de Tiverton y en el Plymouth de Drake.

—¿Y cuál es su condado favorito? —le pregunté.

—Diría que la circunscripción norte de Yorkshire siempre ha estado muy infravalorada —estimó el anciano—. Cuando la gente habla de Yorkshire, supongo que tiende a pensar en Leeds, Sheffield y

Barnsley. En las minas de carbón y en la industria pesada. Los visitantes deberían animarse a conocer los valles de la región; descubrirían que se parecen a otras sierras tanto como el día y la noche. Lincolnshire es demasiado llano, y ahora una buena parte de las Tierras Medias debe de estar plagada de pueblos cada vez más extensos. Ninguna Birmingham me ha llamado nunca la atención. Pero creo que al final me decantaría por Worcestershire y Warwickshire, unas pintorescas e históricas comarcas inglesas, al abrigo de los Cotswolds y coronadas por Stratford-upon-Avon. Me habría encantado hallarme en Inglaterra en 1959 mientras mis compatriotas se desprendían de las cicatrices de la revolución. Olivier en su interpretación de Coriolano, otro que tampoco quería mostrar sus cicatrices.

—Vi la obra —dije—. Nos llevaron a toda la clase.

—Qué afortunado. Traduje la obra al húngaro cuando tenía diecinueve años. El año pasado, al releer el trabajo, me di cuenta de que debo rehacer el ejercicio antes de morir.

—¿Ha traducido más obras de Shakespeare?

—Todas salvo tres. Siempre he dejado *Hamlet* para el final, y después volveré a ponerme con *Coriolano* y empezaré de nuevo. Ya que es usted estudiante, ¿me permitiría preguntarle a qué universidad va?

—A Oxford.

—¿Y a qué colegio pertenece?

—Al Brasenose.

—Ah, el Brasenose. Qué maravilla estar a solo unos metros de la Bodleiana, la mayor biblioteca del mundo. Si hubiera nacido en Inglaterra, me habría inclinado por ingresar en el All Souls, que está justo enfrente del Brasenose, ¿verdad?

—Así es.

El profesor guardó silencio mientras seguíamos la siguiente carrera, la primera semifinal de los mil quinientos metros. El ganador fue Anfras Patovich, un húngaro, cuyo triunfo los espectadores que lo apoyaban celebraron con fervorosos aplausos.

—A eso lo llamo yo animar —dije.

—Como el Manchester United cuando marcó el gol de la victoria en la Final de Copa. Solo que los vítores de mis compatriotas no se deben a que el húngaro haya llegado el primero —señaló el anciano.

—¿No? —dije extrañado.

—No, qué va, lo vitorean porque ha ganado al ruso.

—No me había fijado en eso —admití.

—Tampoco tenía por qué, pero nosotros nunca nos los sacamos de la cabeza, y rara vez se nos presenta la ocasión de ver cómo los derrotan en público.

Intenté desviar la conversación hacia algún tema más agradable.

—Y antes de que lo admitieran en el All Souls, ¿a qué colegio le habría gustado pertenecer?

—¿Como alumno universitario, se refiere?

—Ajá.

—Sin ninguna duda, el Magdalen es el colegio más bonito. Cuenta con la singular ventaja de hallarse ubicado junto al río Cherwell y, en cualquier caso, confieso que siento debilidad por el gótico perpendicular y pasión por Oscar Wilde. —La conversación se vio interrumpida por el disparo de una pistola, momento que dedicamos a ver la segunda semifinal de los mil quinientos metros, en la que se impuso Orentas, de la URSS, aunque esta vez el público expresó su descontento con mayor vehemencia, aplaudiendo de tal manera que las manos se cruzaban sin llegar a chocar. Sin darme cuenta, me sumé a los húngaros. La escena hizo que el anciano se sumiera en un silencio triste. La última carrera del día la ganó Tim Johnston, de Inglaterra, por lo que no pude evitar levantarme y ponerme a vitorearlo sin ninguna vergüenza. El sector húngaro le dedicó un aplauso de cortesía.

Me giré para despedirme del profesor, que llevaba un rato sin decir nada.

—¿Hasta cuándo se quedará en Budapest? —me preguntó—.

—Hasta el fin de semana. Regresamos a Inglaterra el domingo.

—¿Tendría tiempo de acompañar a este anciano alguna noche para cenar?

—Sería un placer.

—Es muy considerado —dijo para a continuación anotar su nombre completo y su dirección en mayúsculas en el reverso de mi programa antes de devolvérmelo—. ¿Qué le parece mañana a las siete? Y si conservara algún periódico o alguna revista antiguos, por favor, no deje de traérselos —me pidió un tanto avergonzado—. Pero lo entendería si tuviera que cambiar de planes.

La mañana siguiente la dediqué a contemplar la iglesia de Matías y la antigua fortaleza, dos de los pocos edificios en los que la revolución no había dejado ninguna huella. Después recorrí un breve tramo del Danubio antes de pasar la tarde animando a los nadadores de la piscina olímpica. A las seis salí de las instalaciones y regresé al hotel. Me puse la chaqueta y los pantalones grises del equipo, con la esperanza de estar lo bastante presentable para mi distinguido anfitrión. Cerré la puerta con llave, me dirigí hacia el ascensor y, entonces, me acordé. Volví a la habitación para coger la pila de periódicos y revistas que mis compañeros de equipo me habían pasado.

Dar con la casa del profesor no me resultó tan sencillo como había imaginado. Después de deambular un buen rato por las calles adoquinadas y de enseñarles la dirección del profesor a varios transeúntes, conseguí que me indicaran el camino hacia un viejo bloque de apartamentos. Salvé los tres tramos de las escaleras de madera dando solo unos pocos brincos y me pregunté cuánto tardaría el profesor en subirlos cada vez que volviera a casa. Me detuve frente a la puerta identificada con su número y llamé.

El anciano abrió al instante, como si hubiera estado esperándome en el recibidor. Me fijé en que llevaba el mismo traje que el día anterior.

—Lamento llegar tarde —dije.

—No importa, mis alumnos siempre encuentran muy difícil encontrarme la primera vez —respondió a la vez que me estrechaba la mano. En ese momento, guardó un silencio breve—. Muy mal por mi parte repetir dos veces una palabra en una misma frase. «Dar conmigo» habría quedado mejor, ¿no le parece?

Echó a andar por delante de mí, sin esperar a que le respondiera, obviamente acostumbrado a vivir en soledad. Me llevó por un pasillo estrecho y penumbroso que daba al salón. No pude sino quedarme impresionado al ver lo amplio que era. Tres de los lados estaban cubiertos de grabados y acuarelas indistintos que representaban diversas escenas inglesas, mientras que en la cuarta pared el protagonismo lo acaparaba una librería inmensa. Entre sus estantes se habían congregado Shakespeare, Dickens, Austen, Trollope, Hardy, Evelyn Waugh y Graham Greene. En la mesa descansaba un ejemplar desvaído del *New Statesman*. Miré a mi alrededor para comprobar si había alguien más en el apartamento, pero no vi rastro de una esposa ni de ningún hijo, ni en persona ni en foto, y de hecho, la mesa estaba puesta solo para dos.

El anciano se giró y miró con regocijo infantil el montón de periódicos y revistas que le había traído.

—*Punch*, *Time* y *The Observer*, un auténtico festín —celebró mientras tomaba los ejemplares entre los brazos para ponerlos con delicadeza sobre la cama, ubicada en un rincón de la estancia.

A continuación, abrió una botella de *szürkebarát* y dejó que mirase las fotografías mientras él terminaba de preparar los platos. Se metió en un cuarto por cuya angostura parecía inimaginable que pudiera acoger una pequeña cocina. Y en todo momento siguió bombardeándome con preguntas sobre Inglaterra, muchas de las cuales fui incapaz de responderle.

Al cabo de unos minutos, regresó al salón y me pidió que cogiera una silla.

—Siéntese —dijo en un intento de expresarse mejor—. Mi deseo no es que levante una silla, sino que se siente en ella. —Deslizó ante mí un plato que contenía algo parecido a un muslo de pollo, una loncha de salami y un tomate. Me dio pena, no porque la comida fuese inadecuada, sino porque el profesor estaba convencido de que era abundante.

Terminada la cena, que, pese a mis esfuerzos por masticar despacio y darle conversación, no duró demasiado, el anciano preparó el café, que estaba amargo, y llenó una pipa antes de que siguiéramos charlando. Hablamos de Shakespeare y de lo que opinaba de A. L. Rowse, y después se desvió hacia el terreno de la política.

—¿Es cierto —me preguntó el profesor— que pronto habrá en Inglaterra un gobierno laborista?

—Eso parecen indicar las encuestas de opinión —contesté.

—Supongo que, a juicio de los ingleses, sir Alec Douglas-Home no logra seguirle el ritmo a la agitada década de los sesenta —dijo el profesor mientras le daba vigorosas caladas a la pipa. Después guardó silencio y me miró a través de la cortina de humo—. No le he ofrecido una pipa porque he supuesto, dado que fue eliminado en la primera ronda de la competición, que preferiría no fumar.
—Sonreí—. Pero sir Alec—prosiguió— acumula largos años de experiencia en política, y para un país nunca es malo que lo gobierne un hombre con su bagaje.

Habría soltado una carcajada si esa misma opinión la hubiera oído de labios de mi tutor.

—¿Y qué me dice del líder laborista? —indagué, procurando no mencionar su nombre.

—Se formó durante una incandescente revolución tecnológica —respondió—. No lo tengo muy claro. Me gustaba Gaitskell, un hombre inteligente y sagaz. Lástima que muriera antes de tiempo. Attlee, al igual que sir Alec, era un caballero. Pero en cuanto al señor Wilson, supongo que el tiempo pondrá a prueba su temple, y no pretendía hacer una broma con esto, bajo esa incandescencia, y solo entonces sabremos la verdad.

No se me ocurrió ninguna respuesta.

—Anoche, después de que nos despidiéramos, me quedé pensando —prosiguió el anciano— en el efecto que Suez debió de ejercer en un país que solo diez años antes había ganado una guerra mundial. Los americanos les tendrían que haber apoyado a ustedes. Ahora leemos en retrospectiva, ese gran privilegio de los historiadores, que el entonces primer ministro Eden se encontraba cansado y enfermo. Pero la realidad es que no logró recabar el apoyo de sus aliados más próximos cuando más lo necesitaba.

—Quizá nosotros debimos apoyarles a ustedes en 1956.

—No, no, era demasiado tarde para que Occidente acudiera a resolver los problemas de Hungría. Churchill lo entendió en 1945. Quería avanzar hasta más allá de Berlín y liberar a todas las naciones que lindaban con Rusia. Pero Occidente, empachado de guerra como estaba para entonces, dejó que Stalin se aprovechara de esa apatía. Cuando Churchill acuñó la expresión «el telón de acero» sabía exactamente lo que iba a suceder en el este. No deja de resultar sorprendente que cuando el gran hombre dijo aquello de «si el Imperio británico hubiera de perdurar mil años», en realidad estaba destinado a resistir solo veinticinco. Ojalá hubiera seguido entre los bastidores del poder llegado el 56.

—¿La revolución le perjudicó mucho?

—No me puedo quejar. Es un privilegio ocupar la cátedra de Inglés en una gran universidad. Nadie me pone ningún tipo de trabas en mi departamento y Shakespeare aún no es considerado un autor subversivo. —Guardó una pausa y chupó la pipa con ahínco—. ¿Y qué piensa hacer usted, joven, cuando acabe la carrera, ahora que ya ha demostrado que no podrá ganarse la vida como atleta?

—Quiero ser escritor.

—En ese caso, viaje, viaje y siga viajando —me aconsejó—. No espere aprenderlo todo en los libros. Debe ver el mundo con sus propios ojos si pretende pintar un cuadro para los demás algún día.

En ese momento miré el vetusto reloj que coronaba la repisa de la chimenea y me di cuenta de lo rápido que había pasado el tiempo.

—Siento tener que dejarlo; debemos estar de regreso en el hotel a las diez.

—Claro —dijo con la sonrisa que la filosofía de internado inglés le había arrancado—. Lo acompañaré hasta Kossuth Square y desde allí podrá ver su hotel en la colina.

Cuando salimos del apartamento, reparé en que el profesor no se molestó en cerrar con llave. La vida le había dejado muy pocas cosas que perder. Me guio con paso vivo por la miríada de callejuelas que tan imposibles de recorrer me habían parecido unas horas antes, mientras hacía comentarios sobre este y aquel edificio, un insondable pozo de conocimientos tanto acerca de su país como del mío. Una vez que llegamos a Kossuth Square, me cogió la mano y me la estrechó durante un largo momento, poco deseoso de soltármela, como era habitual en las personas que estaban solas.

—Gracias por concederle a este anciano la oportunidad de divagar sobre su tema predilecto.

—Gracias por su hospitalidad —le respondí—, y cuando vuelva a visitar Somerset, no deje de venir a Lympsham para conocer a mi familia.

—¿A Lympsham? No acierto a ubicarlo ahora mismo —admitió azorado.

—No le extrañe. Es una aldea donde solo vivimos veintidós vecinos.

—Los suficientes para integrar dos equipos de críquet —señaló el profesor—. Un juego que, debo confesarle, nunca he llegado a entender del todo.

—No se preocupe —dije—, a media Inglaterra le ocurre lo mismo.

—Ah, pero a mí me gustaría llegar a dominar las reglas. Por ejemplo, ¿qué es un fildeador de apoyo? ¿Y una bola nula? ¿Y un sereno? Es una terminología que siempre me ha intrigado.

—Entonces no olvide ponerse en contacto conmigo cuando vuelva por Inglaterra, y así le llevaré al Lord's para poder enseñarle los fundamentos.

—Es muy amable —agradeció, para después titubear antes de añadir—: Pero dudo que volvamos a vernos.

—¿Por qué no? —le pregunté.

—Bueno, a decir verdad, nunca he llegado a viajar al extranjero. De joven no podía permitírmelo y ahora no creo que las autoridades me permitan ver su amada Inglaterra.

Me soltó la mano, giró sobre los talones y se alejó arrastrando los pies hacia los callejones sombríos de Budapest.

Volví a leer su obituario en *The Times*, así como los titulares sobre Afganistán y el efecto de estos acontecimientos en las Olimpiadas de Moscú.

Tenía razón. Nunca volvimos a vernos.

ETERNO AMOR

Hay parejas que, según se dice, se enamoran a primera vista, pero no es eso lo que les sucedió a William Hatchard y Philippa Jameson. Se odiaban el uno al otro desde el instante mismo en que se conocieron. Este desprecio mutuo germinó en la tutoría de recibimiento de su primer año en la universidad. Corrían los primeros años 30 y ambos habían conseguido una importante beca para cursar Lengua y Literatura Inglesas (William en el Merton College y Philippa en el Somerville College). A los dos les habían asegurado sus respectivos profesores que se ganarían el título de estudiante del año.

Al tutor de ambos, Simon Jakes, adscrito al New College, le asombraba tanto como le divertía la feroz competencia que con tanta inmediatez había estallado entre sus dos alumnos más brillantes, enemistad que supo explotar con gran pericia para sacar lo mejor de cada uno sin llegar a permitir en ningún momento que llegara la sangre al río. Philippa, una atractiva y esbelta pelirroja de voz más bien estridente, medía lo mismo que William, por lo que, siempre que se le presentaba la oportunidad, lo avasallaba desde lo alto de sus nuevos zapatos de tacón, mientras que él, cuya voz grave le confería un cierto aire de autoridad, siempre procuraba esgrimir sus argumentos desde una silla. Cuanto más se emponzoñaba su visceral rivalidad, más empeño ponía el uno en pisotear al otro. Al término del primer curso iban muy por delante de sus condiscípulos, aunque ninguno había logrado imponerse con claridad al otro. Simon Jakes le dijo al profesor de Estudios Anglosajones del Merton que nunca se había encontrado con dos alumnos tan destacados en el mismo año, y que antes de que se diera cuenta le estarían disputando la plaza.

Durante las vacaciones estivales ambos se rigieron por un estricto horario, siempre temiendo que el otro fuese por delante. Se leyeron las obras completas de Blake, de Wordsworth, de Coleridge, de Shelley y de Byron, aunque solo a Keats se lo llevaron a la cama. Cuando comenzó el segundo año, descubrieron que la distancia había recrudecido su rencor todavía un poco más; y así, el que ambos obtuvieran un sobresaliente por sus respectivos trabajos sobre *Beowulf* no sirvió sino para empeorar la situación. Una noche Simon Jakes comentó en la mesa principal del New College que, si Philippa Jameson hubiera nacido varón, muchas de las tutorías habrían terminado a puñetazos.

—¿Por qué no los separa? —sugirió el decano soñoliento.

—¿Cómo? ¿Y buscarme el doble de trabajo? —dijo Jakes—. Se pasan el día aprendiendo el uno del otro; yo me limito a hacer de árbitro.

De vez en cuando alguno de los adversarios le pedía que le dijera quién iba por delante de quién, y tan seguros estaban los dos de que la mente más prodigiosa solo podía ser la suya propia, que siempre formulaban la pregunta en presencia del otro. Jakes, demasiado astuto para dejarse arrastrar a su juego, se limitaba a responderles que los examinadores tendrían la última palabra. De esta manera, cuando el uno estaba al alcance del oído del otro, él la llamaba «esa boba» y ella «ese engreído». Al término del segundo curso, no soportaban estar juntos en la misma aula.

Llegado el verano siguiente, William mostró un interés pasajero por Al Jolson y por una chica que se llamaba Ruby, mientras que

Philippa coqueteó tanto con el charlestón como con un joven teniente de navío procedente de Dartmouth. Sin embargo, cuando de nuevo comenzó el ajetreo de las clases, todos estos episodios fueron negados en todo momento y olvidados en cuestión de días.

Al poco de iniciarse el tercer curso y siguiendo la recomendación de Simon Jakes, se presentaron al premio shakespeariano Charles Oldham junto con todos los alumnos que tenían alguna posibilidad de ganarlo. El galardón se concedía al mejor trabajo sobre un aspecto dado de la obra de Shakespeare, y tanto Philippa como William sabían que esta sería la única ocasión de toda su vida estudiantil en que se enfrentarían en una competición tan reñida. De forma subrepticia, se adentraron en el corpus del dramaturgo, desde *Enrique* VI hasta *Enrique* VIII, y se quedaban debatiendo con Jakes hasta mucho después de terminadas las tutorías, obligándolo a analizar cada vez más en profundidad unos aspectos cada vez más complejos.

El tema elegido para el trabajo de aquel año fue el de la «Sátira en la obra de Shakespeare». Obviamente, toda la atención recayó sobre *Troilo y Crésida*, pero los dos contendientes descubrieron que cada una de las treinta y siete obras del bardo escondía sus propios matices. «Además de una infinidad de sonetos», le escribió Philippa en una carta a su padre durante uno de los pocos momentos en los que dudaba de sí misma. A medida que se acercaba el final del curso, todos los que seguían la competición se convencieron de que el premio debía ganarlo o bien William, o bien Philippa, y de que, sin duda, el que no se lo llevase, conseguiría la segunda mejor nota. Aun así, nadie se atrevía a aventurar quién se alzaría con el máximo honor. El bedel del New College, un experto en estas lides, abrió las apuestas anuales del Charles Oldham y pronosticó que quedarían empatados, mientras que para el resto de estudiantes las posturas no pasaron de diez a uno.

Antes de entregar el trabajo, habían de realizar los exámenes finales de la carrera. Tanto William como Philippa repasaron las distintas materias día y noche durante dos semanas con una voracidad que rayaba en lo vulgar. A nadie le sorprendió en absoluto que obtuvieran las mayores puntuaciones en las últimas pruebas. De hecho, enseguida se propagó por la universidad el rumor de que los dos habían sacado sobresaliente en los nueve exámenes.

—Quizá sea así —le dijo Philippa a William—. Pero me veo obligada a recordarte que no es lo mismo un sobresaliente «alto»que un sobresaliente «bajo».

—No podría estar más de acuerdo contigo —respondió él—. Y cuando se anuncie quién ha ganado el Charles Oldham, sabrás quién ha quedado «por debajo».

Cuando solo faltaban tres semanas para entregar los trabajos del premio, continuaron investigando doce horas al día, durante los que de vez en cuando se quedaban dormidos sobre los libros de texto abiertos, soñando con que el otro estaba años luz por detrás. En la fecha y la hora señaladas se encontraron en el vestíbulo de suelos marmóreos de las Escuelas de Exámenes, ambos ataviados con el preceptivo traje negro.

—Buenos días, William, espero de corazón que tus esfuerzos te valgan para adjudicarte un lugar entre los primeros seis.

—Gracias, Philippa. Si no es así, buscaré los nombres de C. S. Lewis, Nichol Smith, Nevill Coghill, Edmund Blunden, R. W. Chambers y H. W. Garrard por delante de mí, pues sin duda no hay nadie más que deba preocuparme.

—Y te agradezco —dijo ella como si no lo hubiera oído— que no te hayas sentado junto a mí mientras redactaba mi trabajo, porque así tengo la certeza de que, por primera vez en tres años, no has podido copiar mis notas.

—Lo único que te he copiado en todo este tiempo, Philippa, es el horario de los trenes entre Oxford y Londres, el cual, como después tuve oportunidad de comprobar, hacía tiempo que carecía de validez, algo que se corresponde con el resto de tus propósitos.

Ambos entregaron sus trabajos de veinticinco mil palabras en el despacho de admisión de las Escuelas de Exámenes, para después salir del edificio sin decirse nada más y regresara sus respectivos colegios, impacientes por conocer el resultado.

William intentó aprovechar el fin de semana para distenderse y, por primera vez en tres años, se animó a jugar al tenis, con una chica del St.Anne's College, aunque no logró ganar ni un solo juego ni, menos aún, ningún set. Estuvo a punto de ahogarse la ocasión en que fue a nadar, y no pudo evitar hundirse cuando decidió practicar un poco de remo. Su único consuelo fue que Philippa no estaba allí para ser testigo de sus lamentables andanzas deportivas.

El lunes por la noche, tras disfrutar de una espléndida cena con el director del Merton, salió a dar un largo paseo por la orilla del Cherwell para despejar la cabeza antes de acostarse. La noche de mayo conservaba aún cierta claridad cuando enfiló el estrecho camino que bordeaba Merton Wall y cruzó el extenso prado en dirección al río. Caminaba tranquilamente por el sinuoso sendero cuando le pareció divisar a su archienemiga más adelante, leyendo junto a un árbol. En un primer momento, consideró la idea de dar media vuelta, pero después supuso que ella ya lo habría visto, de forma que siguió andando como si nada.

Si bien hacía tres días que no veía a Philippa, solo en contadas ocasiones había conseguido sacársela de la cabeza; una vez que él ganase el Charles Oldham, la muy boba tendría que bajarse de ese pedestal desde el que tanto le gustaba pontificar. Sonriendo solo de imaginárselo, se resolvió a pasar por delante de ella con absoluta indiferencia. A medida que se acercaba, apartó la mirada por un instante del camino que se extendía ante sí y la dirigió fugazmente hacia donde estaba ella, ruborizándose solo de pensar en el insulto que no tardaría en recibir. Puesto que no sucedió nada, volvió a mirarla y, al fijarse mejor, se dio cuenta de que Philippa no estaba leyendo; tenía la cara oculta entre las manos y parecía dar sollozos ahogados. William aflojó el paso para contemplar no a la magnífica rival que nunca se había dejado superar por él durante los tres últimos años, sino a una criaturilla triste y vulnerable que parecía necesitar ayuda.

Lo primero que pensó William fue que alguien le había comunicado de forma extraoficial el nombre del ganador del premio al mejor trabajo y que, en efecto, se lo había llevado él. Después concluyó que no podía tratarse de eso; los examinadores habrían recibido los ensayos aquella misma mañana y, puesto que el jurado debía leer todas y cada una de las propuestas, era imposible que los resultados se fijaran antes del fin de semana. Como Philippa no lo miró cuando él se situó a su lado, William dudaba que ella se hubiera percatado de su presencia. Mientras escrutaba a su adversaria, le llamó la atención cómo su larga melena rojiza se ensortijaba al contacto con los hombros. Cuando se sentó junto a ella, Philippa porfió en guardar silencio.

—¿Qué te ocurre? —le preguntó—. ¿Puedo hacer algo por ti?

Philippa levantó la cabeza y le dejó ver su rostro colorado por el llanto.

—No, no puedes hacer nada, William, salvo dejarme en paz. Me arrebatas mi soledad sin aportarme compañía.

William se alegró de identificar al instante la sutil referencia literaria.

—¿Qué te ocurre, Madame de Sévigné? —dijo, ahora más por curiosidad que porque estuviera preocupado, sin saber muy bien si compadecerse de ella o si celebrar que la hubiera sorprendido con la guardia baja.

Pareció transcurrir un largo instante hasta que ella le respondió.

—Mi padre ha fallecido esta mañana —le reveló al cabo, como si hablara para sí.

A William le chocó que, después de los tres años que llevaba viendo a Philippa casi a diario, apenas supiera nada de su vida personal.

—¿Y tu madre? —dijo.

—Murió cuando yo tenía tres años. Ni siquiera me acuerdo de ella. Mi padre es… —Se interrumpió—… era párroco y me crio él solo, desprendiéndose de todo para que yo pudiera venir a Oxford, incluso de la plata de la familia. Me hacía tanta ilusión ganar el Charles Oldham para él.

William, titubeante, rodeó con el brazo los hombros de Philippa.

—Qué tontería. Cuando ganes el premio, te nombrarán alumna estelar de la década. Al fin y al cabo, habrás tenido que superarme para conseguir tan magno honor.

Philippa intentó reírse.

—Claro que quería ganarte, pero solo por mi padre.

—¿Cómo ha muerto?

—Tenía cáncer, pero nunca me lo dijo. Insistió en que no volviera a casa antes del verano porque temía que, si me perdía parte de las clases, me costaría más aprobar los finales y ganar el Charles Oldham. Pero, en realidad, todo su empeño era que yo no regresase, porque sabía que, si yo hubiera visto cómo estaba, no habría sido capaz de rendir como debía.

—¿Dónde vives? —le preguntó William, de nuevo sorprendido por no saber algo así.

—En Brockenhurst. En Hampshire. Saldré hacia allí mañana por la mañana. El funeral es el miércoles.

—¿Quieres que te lleve yo? —se ofreció William.

Philippa lo miró y advirtió una ternura en los ojos de su antagonista que no había percibido hasta ahora.

—Sería muy amable por tu parte, William.

—Vamos, entonces, so boba —dijo él—. Te acompañaré hasta tu colegio.

—La última vez que me llamaste «boba» lo dijiste en serio.

A William le pareció natural que recorriesen la orilla cogidos de la mano. Ninguno de ellos volvió a hablar hasta que llegaron al Somerville.

—¿A qué hora te recojo? —le preguntó él sin soltarle aún la mano.

—No sabía que tuvieras coche.

—Mi padre me regaló un MG de segunda mano en recompensa por mis calificaciones. Estaba deseando tener una buena excusa para darme postín con ese cacharro delante de ti. ¿Sabes que se puede arrancar con solo pulsar un botón?

—Es obvio que prefería no arriesgarse esperando a los resultados del Charles Oldham para darte el premio. —William se rio con más efusividad de la que merecía la pequeña pulla.

—Lo siento —dijo ella—. Es la costumbre. Ahora siento curiosidad por ver si conduces igual de mal que escribes, en cuyo caso puede que nunca lleguemos a nuestro destino. Te espero a las diez.

Durante el trayecto a Hampshire, Philippa se explayó sobre la labor que su padre desempeñaba como párroco, y le pidió a William que le hablara de su familia. Pararon a almorzar en una taberna de Winchester. Estofado de conejo y puré de patatas.

—Es la primera vez que comemos juntos —observó William.

Philippa, en lugar de responderle con algún sarcasmo, se limitó a sonreír.

Tras el almuerzo reanudaron el viaje hacia el pueblo de Brockenhurst. William detuvo el coche con vacilación en el camino de gravilla que bordeaba la casa parroquial. Una asistenta de edad avanzada que vestía de negro abrió la puerta, y no pudo ocultar su sorpresa al ver a la señorita Philippa en compañía de un hombre. Philippa presentó a Annie y a William y le pidió a la mujer que preparase el cuarto de invitados.

—Me alegra que hayas conocido a un joven tan simpático —la felicitó Annie más tarde—. ¿Hace mucho que te corteja?

Philippa sonrió.

—No, nos conocimos ayer mismo.

Philippa preparó la cena, que William y ella comieron junto a la lumbre que él había encendido en el salón. Aunque apenas cruzaron palabra durante las tres horas siguientes, no se aburrieron. Philippa empezó a fijarse en el modo en que el cabello despeinado de William se le descolgaba sobre la frente y pensó en el aire distinguido que le daría cuando fuese viejo.

A la mañana siguiente, Philippa entró en la iglesia del brazo de William y mantuvo la calma durante todo el funeral. Cuando la ceremonia llegó a su fin, William la acompañó de regreso a la casa parroquial, donde ya se habían apiñado los muchos amigos que el clérigo tenía.

—Le ruego que no nos lo tenga en cuenta —le dijo el señor Crump, el coadjutor del párroco, a Philippa—. Usted lo era todo para su padre, que nos había dado instrucciones muy claras para que no la pusiéramos al corriente de su enfermedad, a fin de que no interrumpiera su participación en el Charles Oldham. Ese es el nombre del premio, ¿verdad?

—Sí —le confirmó ella—. Pero eso ahora no tiene ninguna importancia.

—Ganará el premio en memoria a su padre —dijo William.

Philippa se volvió para mirarlo, comprendiendo que William deseaba de corazón que el Charles Oldham lo ganase ella.

Aquella noche la pasaron en la casa parroquial y el jueves regresaron a Oxford. A las diez en punto de la mañana del viernes, William se presentó en el colegio de Philippa y le preguntó al bedel si podría hablar con la señorita Jameson.

—¿Sería tan amable de esperar aquí un momento? —le dijo el bedel mientras lo acompañaba hasta el cuartito de detrás de la portería, para después alejarse presuroso en busca de la señorita Jameson. Al cabo de unos minutos, reapareció con ella.

—¿Qué diablos haces aquí?

—He venido a llevarte a Stratford.

—Pero ni siquiera he tenido tiempo de sacar todo lo que me traje de Brockenhurst.

—Hazme caso por una vez. Tienes quince minutos.

—Por supuesto —accedió—. ¿Quién soy yo para desobedecer al futuro ganador del Charles Oldham? De hecho, incluso te dejaré subir un momento a mi cuarto para que me ayudes a deshacer el equipaje.

El bedel enarcó las cejas hasta hacerlas topar con la visera de la gorra que llevaba, pero guardó silencio por respeto al duelo de la señorita Jameson. Una vez más, a William le extrañó el hecho de no haber estado nunca en el cuarto de Philippa desde que empezasen la carrera. Había trepado por las paredes de no pocos colegios para encontrarse con distintas chicas, a cuál más estulta, pero nunca lo había intentado con Philippa. Se sentó al pie de la cama.

—¡Ahí no! Mira que eres desconsiderado. La asistenta acaba de hacerla. Todos los hombres sois iguales, nunca os sentáis en una silla.

—Yo sí que me sentaré en una silla algún día —replicó William—: la de la cátedra de Lengua y Literatura Inglesas.

—No mientras yo estudie en esta universidad, te lo aseguro —opuso ella mientras entraba en el cuarto de baño.

—Una cosa es tener la intención y otra muy distinta es tener talento —voceó William antes de que Philippa cerrase la puerta, satisfecho por que parecieran haber rescatado sus habituales intercambios de aguijonazos.

Quince minutos más tarde, Philippa salió del baño luciendo un vestido amarillo de motivos florales con un pulcro cuello blanco y puños a juego. A William le pareció que quizá incluso se había maquillado un poco.

—A nuestra reputación no le hará ningún bien que nos vean juntos —le avisó.

—Ya he pensado en eso —dijo William—. Si me preguntan, diré que lo hago por caridad.

—¿Por caridad?

—Sí, este año me dedico a acompañar a las huérfanas desamparadas.

Después de que Philippa firmase una salida hasta las doce de la noche, partieron hacia Stratford, viaje que interrumpieron en Broadway para almorzar. Pasaron la tarde remando por el río Avon. William le confesó a Philippa lo mal que le fue la última vez que se montó en una barca. Ella admitió que estaba al corriente del espectáculo que había dado, aunque regresaron sanos y salvos a la orilla, quizá porque era Philippa quien gobernaba los remos. Fueron a ver a John Gielgud en su papel de Romeo y después cenaron en el Dirty Duck. Philippa no tuvo ninguna piedad de William durante la cena.

A las once emprendieron el regreso a casa, aunque Philippa se quedó adormilada porque apenas podían oírse el uno al otro debido al ruido del motor. Se encontrarían a unos cuarenta kilómetros de Oxford cuando el MG se detuvo.

—Creía —dijo William— que cuando el medidor de la gasolina llegaba a cero, en realidad todavía quedaban tres o cuatro litros en el depósito.

—Pues es evidente que estabas equivocado, y ni mucho menos por primera vez, así que, gracias a tu nula capacidad de previsión, ahora tendrás que ir andando hasta el taller más próximo tú solo, porque no pretenderás que vaya yo también solo para hacerte compañía. No pienso moverme de aquí, donde te esperaré bien abrigadita.

—Pero no hay ningún taller antes de llegar a Oxford —protestó William.

—En ese caso, tendrás que llevarme en brazos. Soy demasiado frágil para soportar una caminata así.

—No podría recorrer ni cincuenta metros después de haber cenado tan copiosamente, y de haber bebido tanto vino.

—Te aseguro que no llego a entender, William, que obtuvieras un sobresaliente en Inglés cuando ni siquiera sabes leer el medidor de la gasolina.

—Solo nos queda una opción —resolvió él—: esperaremos al primer autobús de mañana.

Philippa se arrellanó en el asiento de atrás y, sin hacer más comentario al respecto, se quedó dormida. William se puso el sombrero, la bufanda y los guantes, cruzó los brazos para calentarse y acarició el ensortijado cabello rojizo de Philippa mientras esta dormía. Por último, se quitó el abrigo y la arropó con él.

Philippa fue la primera en despertarse, poco después de las seis, y no pudo evitar gemir cuando intentó estirar los brazos doloridos. Despabiló a William para preguntarle por qué su padre no había tenido la consideración de comprarle un coche con un asiento trasero medianamente cómodo.

—Pero si este modelo es el no va más —repuso William, que se masajeó con cautela los músculos del cuello antes de volver a ponerse el abrigo.

—Será precisamente porque ni va más, ni volverá a ir mientras no tenga gasolina —dijo ella según salía del coche para estirar las piernas.

—Sin embargo, hay una razón por la que he dejado que el depósito se vaciara —señaló William mientras la seguía a la parte delantera del coche.

Philippa esperó a oír alguna de sus gracias patéticas, y no se llevó ninguna decepción.

—Una vez mi padre me dijo que, si pasaba la noche con una camarera, después tendría que pedir una jarra de cerveza más, pero que, si pasaba la noche con la hija del párroco, tendría que casarme con ella.

Philippa se rio. William, cansado, sin afeitar y embutido en el grueso abrigo, hincó una rodilla torpemente en el suelo.

—¿Qué haces, William?

—¿A ti qué te parece, so boba? Voy a pedirte que te cases conmigo.

—Una invitación que tengo mucho gusto en declinar. Si aceptara semejante proposición, correría el riesgo de pasarme el resto de la vida tirada en una cuneta entre Oxford y Stratford.

—¿Te casarás conmigo si gano el Charles Oldham?

—Puesto que no existe ni la más remota posibilidad de que eso ocurra, te puedo responder, sin ningún temor, que sí. Y ahora levanta la rodilla, William, antes de que alguien te tome por una cigüeña extraviada.

El primer autobús de aquella mañana de sábado pasó a las siete y cinco y llevó a Philippa y a William de regreso a Oxford. Philippa se retiró a su cuarto para darse un largo baño caliente, mientras que William tuvo que llenar una lata de gasolina y volver a donde habían dejado el MG. Cuando hubo llenado el depósito, condujo derecho hacia el Somerville y de nuevo preguntó si podía ver a la señorita Jameson. Philippa bajó al cabo de unos minutos.

—¿Tú otra vez? —se sorprendió—. ¿No me has causado ya bastantes problemas?

—¿Por qué lo dices?

—Porque seguía fuera pasada la medianoche, sin nadie que me acompañara.

—Pero sí que estabas acompañada.

—Sí, y eso es lo que les preocupa.

—¿Les dijiste que pasamos la noche juntos?

—No, no se lo dije. No me importa que nuestros compañeros piensen que soy una promiscua, pero no me hace ninguna gracia que crean que no tengo ningún gusto. Así que ahora ten la amabilidad de marcharte, porque empiezo a sucumbir al espanto de que ganes el Charles Oldham y tenga que pasar el resto de mi vida contigo.

—Sabes que estoy destinado a ganarlo, así que ¿por qué no te vienes a vivir ya conmigo?

—Sé que hoy en día está de moda dormir con cualquiera, William, pero si este va a ser mi último fin de semana de libertad, pienso aprovecharlo al máximo, sobre todo porque quizá ceda a la idea de suicidarme.

—Te quiero.

—Por última vez, William, márchate. Y si no ganas el Charles Oldham, ni se te ocurra volver a poner un pie en el Somerville.

William salió del colegio, ansioso por conocer los resultados del concurso de ensayos. De haber sabido lo mucho que Philippa deseaba que el premio lo ganase él, quizá hubiera podido dormir un poco aquella noche.

El lunes por la mañana ambos llegaron temprano a las Escuelas de Exámenes, donde aguardaron pacientes sin hacer comentario alguno entre ellos, entre el tumulto de los alumnos de aquel año que también participaban en el concurso. Al dar las diez, el presidente de los examinadores, engalanado con la vestimenta académica oficial y moviéndose a paso de tortuga, entró en el salón y, en un alarde de fingida indiferencia, colgó un papel en el tablón de anuncios. Todos los estudiantes que se disputaban el premio se agolparon ante la lista de las calificaciones, a excepción de William y Philippa, que se quedaron solos allí en medio, conscientes de que ya era demasiado tarde para cambiar un resultado que los dos temían.

Una chica se zafó de la multitud que rodeaba el tablón de anuncios y corrió hacia Philippa.

—¡Enhorabuena, Phil!¡Has ganado!

Los ojos de Philippa se encharcaron de lágrimas cuando miró a William.

—Permíteme sumarme a la felicitación —dijo él aprisa—. Es obvio que te merecías este premio.

—El sábado quería haberte dicho algo.

—Y lo hiciste; me dijiste que, si no ganaba, no volviera a poner un pie en el Somerville.

—No, me refería a otra cosa:«No amo nada en este mundo tanto como a vos. ¿No os parece incomprensible?».

William la miró enmudecido durante un largo instante. Le resultaba imposible mejorar la respuesta de Beatriz.

—«Tan incomprensible como cuanto desconozco» —musitó al cabo.

Un compañero de su colegio le dio una palmada en el hombro, le cogió la mano y le dio un apretón enérgico. Saltaba a la vista que la categoría de accésit resultaba muy digna para muchos, pero no para William.

—¡Felicidades!

—Quedar el segundo no merece elogio alguno —gruñó William desdeñoso.

—Pero ¿qué dices, Billy? ¡Si has ganado!

Philippa y William se miraron.

—¿Qué quieres decir? —se extrañó William.

—Lo que oyes: ¡has ganado el Charles Oldham!

Philippa y William corrieron hacia el tablón y leyeron los resultados.

Premio conmemorativo Charles Oldham

En esta edición los examinadores no han estimado justo concederle el premio a un único estudiante y, por lo tanto, han resuelto que debería ser compartido por

Se quedaron mirando el comunicado en silencio durante unos momentos. Al cabo, Philippa se mordió el labio y susurró:

—Bueno, al final no lo has hecho mal del todo, teniendo en cuenta la dura competencia. «Estoy dispuesta a cumplir mi palabra, pero a la luz de las circunstancias, os acepto por piedad».

William no necesitó que le apuntaran su parte.

—«No os negaré, pero en este día grato cedo a no poca persuasión, pues he oído que erais presa de un cruel tormento».

Y así, para regocijo de sus compañeros y asombro del catedrático, se abrazaron bajo el tablón de anuncios.

Según los rumores, a partir de ese momento ya nunca estuvieron separados más de unas pocas horas.

La boda se celebró un mes más tarde, en la iglesia de la familia de Philippa, en Brockenhurst. «Porque, si te paras a pensarlo —le confesó William a un compañero de cuarto—, ¿con quién iba a casarse si no?».

La contenciosa pareja inició su luna de miel en Atenas, discutiendo sobre la importancia relativa de las arquitecturas dórica y jónica, de las que ninguno de los dos sabía más de lo que acababa de leer en una guía turística de media corona sin decírselo al otro. Después viajaron en barco a Estambul, donde William se postró admirado ante todas y cada una de las mezquitas que vieron, mientras Philippa se quedaba sola al fondo, indignada por el trato que los turcos les dispensaban a las mujeres.

—Los turcos son muy inteligentes —declaró William—. Saben muy bien lo que de verdad tiene valor.

—Entonces ¿por qué no te conviertes al islamismo, William? Así solo tendría que hallarme en tu presencia una vez al año.

—Un nacimiento desafortunado, una lealtad mal entendida y la firma de un contrato inoportuno me obligan a pasar el resto de mis días contigo.

De regreso en Oxford, con una beca de investigación en sus respectivos colegios, comenzaron a desempeñar un trabajo mucho más creativo. William emprendió un estudio mastodóntico sobre el léxico de Marlowe y, durante las horas de ocio, aprendió estadística de forma autodidacta para interpretar mejor sus conclusiones. Por su parte, Philippa se decantó por la influencia de la Reforma en los escritores ingleses del siglo XVII, si bien no tardó en pasar de la literatura al arte y la música. Se compró una espineta y empezó a tocar piezas de Dowlandy de Gibbons por las noches.

—Por el amor de Dios —exclamó William cuando ya no soportaba más aquel golpeteo de latas—, no vas a desentrañar sus convicciones religiosas a partir de las armaduras de clave que empleaban.

—Es una actividad más reveladora que la de enumerar quizás y asimismo, amor mío —rebatió ella imperturbable—, y, a estas horas, mucho más relajante que la de andar cacharreando con las ollas y las sartenes.

Tres años más tarde, y ya merecidamente doctores ambos, obtuvieron sendas becas de docentes. Mientras la larga sombra del fascismo se extendía por toda Europa, ellos se dedicaban a leer, a escribir, a criticar y a enseñar junto a la lumbre serena de unas aulas inmutables.

—Este año me ha ido regular en los exámenes —se lamentó William—, pero, aun así, me he anotado cinco sobresalientes de un total de once asignaturas.

—Más regular ha sido para mí —dijo Philippa—, aunque de alguna manera he obtenido tres sobresalientes de un total de seis asignaturas, y no hace falta recurrir al teorema binomial, William, para deducir que eso me adjudica una victoria aritmética.

—El presidente de los examinadores me ha dicho —replicó él— que lo que entregan tus alumnos no es sino lo poco que han conseguido aprenderse de memoria.

—Y a mí me ha dicho —le espetó ella— que los tuyos tienen que inventarse las respuestas sobre la marcha.

Siempre que cenaban juntos en la universidad, la lista de invitados a la mesa se llenaba al instante, y en cuanto se terminaba de bendecir la mesa, la agudeza de su diálogo parecía destellar a la luz de los candelabros.

—Se rumorea, Philippa, que el colegio no considera apropiado renovarte la beca cuando acabe el curso.

—Me temo que así es, William —contestó ella—. Se decidió que no podían renovarme la mía y, al mismo tiempo, adjudicarme la tuya.

»¿Crees que algún día te harán miembro de la Academia Británica, William?

—Debo decir, y con gran decepción, que nunca.

—Lamento oírlo. ¿Por qué no?

—Porque, cuando se me ofreció el honor, le hice saber al presidente que preferiría esperar a que me propusieran al mismo tiempo que a mi esposa.

Algunos de los comensales que no pertenecían al entorno universitario y se sentaban por primera vez en la mesa principal se tomaban en serio estas batallas verbales; otros solo podían sentir envidia de un amor así.

Uno de los miembros del claustro llegó a sugerir sin miramientos que ensayaban los diálogos antes de sentarse a cenar para que nadie pensara que en realidad se llevaban bien. Durante sus primeros años como catedráticos, se convirtieron en los líderes de sus respectivas especialidades. Como si de dos imanes se tratara, atraían a los estudiantes más aventajados, a la vez que entre ellos parecían repelerse como polos de igual signo.

—El doctor Hatchard se ocupará de la mitad de las clases —les anunció Philippa a sus alumnos cuando comenzaron a impartir los dos juntos una asignatura sobre las leyendas artúricas—. Pero les aseguro que esa no será la mejor mitad. Por eso, harán bien en cerciorarse de qué Hatchard va a encargarse de la lección.

Cuando invitaron a Philippa a dar una serie de conferencias en Yale, William pidió una excedencia para poder acompañarla.

Durante la travesía por el Atlántico, Philippa le dijo:

—Al menos demos gracias por que el viaje sea por mar, amor mío, ya que así no nos quedaremos sin gasolina.

—Mejor démosle gracias a Dios —respondió William— por que el barco funcione a base de máquinas, pues contigo a bordo ningún viento podría soplar a nuestro favor.

La única nota trágica de su vida radicaba en el hecho de que Philippa no podía darle hijos a William, si bien esto terminó por unirlos todavía más. Philippa les profesaba un cariño casi maternal a los alumnos a los que tutorizaba, y solo echaba mano de su mordacidad para celebrar que al menos así se ahorraría el drama de tener una criatura con el aspecto y la sesera de William.

Al estallar la guerra, la pericia que William demostraba poseer a la hora de analizar las palabras lo acercó de forma inevitable al terreno de la criptografía. Lo contrató un caballero anónimo que se presentó en su casa con un maletín encadenado a la muñeca. Philippa, que los escuchaba sin ningún reparo a través de la bocallave mientras hablaban sobre las dificultades que se habían encontrado, irrumpió en la sala y exigió que la contrataran también a ella.

—¿Sabía que siempre termino el crucigrama de *The Times* en la mitad del tiempo que tarda mi marido?

El visitante anónimo dio gracias por no estar encadenado a Philippa. Los incorporó a los dos en la sección del almirantazgo donde procesaban los radiogramas cifrados que se intercambiaban los submarinos alemanes.

El manual de señales alemanas consistía en una guía de códigos de cuatro letras, y todos los mensajes se volvían a cifrar conforme a una tabla de sustituciones que cambiaba a diario. William enseñó a Philippa a evaluar las frecuencias de las letras, conocimientos que ella aplicó a los textos alemanes modernos, de los que extrajo un análisis de frecuencias que pronto se empezó a usar en todos los departamentos de criptografía de la Mancomunidad Británica de Naciones.

Con todo, diseccionar los códigos y elaborar la guía de señales maestra les supuso una tarea colosal que los mantuvo ocupados durante casi dos años.

—Jamás imaginé que tus quizás y tus asimismos podrían ser tan reveladores —dijo Philippa admirada ante su propio trabajo.

Cuando los aliados invadieron Europa, a menudo marido y mujer lograban descifrar los mensajes sin más que unas pocas líneas de texto codificado como punto de partida.

—Parecen medio analfabetos —gruñó William—. Se dejan las diéresis sin cifrar. Merecerían que no se entienda lo que dicen.

—¿Cómo te puede parecer mal eso, a ti, que nunca les pones el punto a las íes latinas?

—Porque, en mi opinión, el punto es un elemento superfluo, y algún día me gustaría llegar a eliminarlo por completo del inglés.

—¿Esa va a ser tu gran contribución como erudito? En ese caso, debo preguntarte cómo esperas que quien lea los trabajos de cualquiera de nuestros alumnos consiga distinguir una «l» de una «i».

—Un argumento muy pobre, amor mío, pues de ser así, habrías de poner también un punto encima de la «n» para que nadie la confundiera con una «h».

—Tú sigue ahondando en tus teorías, William, porque por mi parte, pienso dedicar todas mis energías a eliminar algo más que el punto de la «i» y la «l» de Hitler.

En mayo de 1945 cenaron en privado con el primer ministro Churchill y señora en el número 10 de Downing Street.

—¿A qué se referiría el primer ministro cuando me dijo que no vislumbraba el límite de tus capacidades? —preguntó Philippa durante el trayecto en taxi a Paddington Station.

—A lo mismo, supongo, que cuando a mí me dijo que sabía muy bien de lo que tú eras capaz —respondió William.

Cuando el catedrático de inglés del Merton se jubiló a principios de los 50, toda la universidad aguardó expectante a ver cuál de los doctores Hatchard ocuparía ahora su plaza.

—Si el consejo te propone que ocupes la cátedra —dijo William mientras deslizaba los dedos entre su cabello ahora entrecano—, será porque a mí van a nombrarme vicerrector.

—La única manera que tendrías de acceder a un puesto tan por encima de tus posibilidades sería por nepotismo, para lo cual yo habría de ser la vicerrectora.

El consejo general, tras debatir el dilema durante varias horas, ofreció dos plazas y nombró catedráticos tanto a William como a Philippa el mismo día.

Cuando le preguntaron al vicerrector por qué en esta ocasión no se había obrado según la costumbre, respondió:

—Muy sencillo: de no haberles concedido una cátedra a cada uno, el que no la hubiera obtenido habría intentado quedarse con mi puesto.

Aquella noche, tras la correspondiente cena de celebración, cuando paseaban de regreso a casa por la orilla del Isis a su paso por Christ Church Meadows, enfrascados en una discusión, quizá más acalorada de lo habitual, sobre la calidad del último volumen de la monumental obra de Proust, un policía, alertado por la riña, corrió hacia ellos y les preguntó:

—¿Todo en orden, señora?

—No, en absoluto —intervino William—, esta mujer lleva más de treinta años hostigándome y hasta la fecha la policía ha hecho más bien poco por socorrerme.

A finales de los 50, Harold Macmillan invitó a Philippa a sumarse al consejo de la Autoridad Independiente de Radio y Televisión.

—Imagino que ahora te convertirás en toda una catedrática de la televisión —dijo William—, y dado que la edad mental media de los que ven la caja tonta es de siete años, te sentirás como en casa.

—Muy cierto —convino Philippa—. Después de décadas de convivencia contigo, estoy más que preparada para trabajar con niños.

Semanas más tarde, el presidente de la BBC le remitió una carta a William para proponerle que se uniera al consejo superior.

—¿Te van a poner a ti en vez de *La hora de los payasos* o de *Tonto a lo tonto*? —inquirió Philippa.

—Voy a dar una serie de doce conferencias.

—¿Y sobre qué tema, si se puede saber?

—Sobre los genios.

Philippa hojeó la guía de la programación.

—Parece que *Genios* lo echan a las dos de la mañana del domingo, lo cual no me extraña, pues es la hora a la que estás más lúcido.

Cuando a William le concedieron un doctorado honorífico en Princeton, Philippa asistió a la ceremonia y se sentó en la primera fila llena de orgullo.

—Intenté ocupar un asiento atrás del todo —explicó—, pero solo había estudiantes somnolientos que, obviamente, nunca habían oído hablar de ti.

—Si eso es cierto, Philippa, me sorprende que no los confundieras con los alumnos de tus tutorías.

Con el curso de los años, muchas de sus ocurrencias, de las cuales solo unas pocas adquirieron un carácter apócrifo, se incorporaron al anecdotario de Oxford. En la facultad de Inglés todo el mundo conocía las vivencias de los «belicosos Hatchard»: cómo pasaron su primera noche juntos; cómo compartieron el premio Charles Oldham; cómo Phil se las apañaba para completar el crucigrama de *The Times* cuando Bill aún no había terminado de afeitarse; cómo obtuvieron sendas cátedras el mismo día y trabajaron más horas que cualquiera de sus colegas, como si aún tuvieran algo que demostrar, aunque fuese el uno al otro. Daba la impresión de que las leyes matemáticas de la simetría exigieran que se les tratase siempre igual a los dos. Hasta que durante la celebración de Honores de Año Nuevo se anunció que Philippa había sido nombrada *dame* del Imperio británico.

—Al menos nuestra querida reina ha sabido ver cuál de los dos es de verdad digno de reconocimiento —dijo ella cuando pasaron a los postres en el comedor de la universidad.

—Nuestra querida reina —apostilló William mientras elegía el pastel de Madeira— está muy al tanto de la escasa competencia que hay entre las mujeres de los colegios; a veces es preciso alentar a las candidatas con menos posibilidades para así hacer aflorar talentos inesperados.

A partir de entonces, cada vez que asistían juntos a algún evento, Philippa siempre le pedía al maestro de ceremonias que los anunciara como el profesor William y *dame* Philippa Hatchard. Daba por hecho que tenía por delante muchos y felices años durante los que ella siempre estaría un escalón por encima de su marido en las ocasiones oficiales, pero su gozo solo duró seis meses, ya que a William lo nombraron Caballero el día de los Honores del cumpleaños de la reina. Philippa fingió sorprenderse ante una distracción tan insólita en el juicio de su querida reina y, en adelante, insistió en que siempre se les presentara en público como sir William y *dame* Philippa Hatchard.

—Es comprensible —dijo William—. La reina tuvo que hacerte *dame* primero para que nadie te tratara de simple lady. Cuando me casé contigo, Philippa, eras una joven estudiante, y resulta que ahora vivo nada menos que con una vieja dama.

—No me sorprende —replicó Philippa— que los pobres de tus alumnos no sepan si eres homosexual o si sencillamente estás obsesionado con tu madre. Y da gracias a que no aceptara la invitación del Girton, porque entonces habrías estado casado con una señora.

—Siempre lo he estado, so boba.

Por muchos años que pasaran, ninguno de los dos dejó de creer falsamente en la inferioridad intelectual del otro. Los libros de Philippa, «obras de inigualable prestigio», según aseguraba ella misma, fueron publicados por Oxford University Press, mientras que las «obras de inmensurable relevancia» de William se imprimieron en las rotativas de Cambridge University.

El recuento de nuevos catedráticos de Inglés a los que ellos habían tenido como alumnos pronto ascendió a dos cifras.

—Si tú incluyes a los de la politécnica, yo añadiré a Maguire, destinado como profesor adjunto en Kenia —dijo William.

—Tú no le diste clases al catedrático de Inglés de Nairobi —replicó Philippa—. Se las di yo. Tú tenías al jefe de Estado, quizá el motivo por el que su universidad está tan bien considerada y el país tan desorganizado.

A comienzos de los 60 entablaron una batalla epistolar en el suplemento literario de *The Times* centrada en la obra de Philip Sidney, un tema que nunca sacaron en presencia del otro. Al final, el editor les dijo que debían dejar de enviar tantas cartas y declaró un empate.

Ambos concluyeron que era un imbécil.

Ya en la senectud, si había un aspecto de Philippa que William encontrase especialmente molesto, era su insistencia en completar el crucigrama de *The Times* todas las mañanas antes de que él se hubiera sentado a desayunar. Durante un tiempo, William tuvo encargados dos ejemplares del periódico, hasta que Philippa empezó a rellenarlos ambos, hábito que justificaba con el argumento de que era tirar el dinero.

Una mañana dada de junio, al término del curso académico previo a la jubilación del matrimonio, William se sentó a desayunar y se encontró con que en el crucigrama quedaba todavía un espacio en blanco para que él lo acabase. Leyó la pista: «Skelton dijo de esto que cayó en la sopa». Sin dudarlo un instante, rellenó las ocho casillas.

Philippa se asomó por encima de su hombro.

—Esa palabra no existe, so engreído —aseguró—. Te la acabas de inventar solo para fastidiarme. —Posó ante él un huevo más duro de lo habitual.

—Claro que existe, so boba; coge el diccionario y busca «whym wham».

Philippa sacó el *Diccionario Abreviado de Oxford* de entre los libros de recetas que había en la cocina y exclamó triunfante que el término no aparecía por ningún lado.

—Mi querida *dame* Philippa —replicó William como si se estuviera dirigiendo a la alumna más obtusa de la clase—, no te vayas a pensar que, solo porque seas vieja y el pelo se te haya vuelto blanco, ya lo sabes todo. Has de tener en cuenta que el *Diccionario Abreviado de Oxford* se publicó para los lerdos que apenas manejan cien mil palabras de inglés. Ahora cuando llegue a la universidad comprobaré la existencia del vocablo en la versión íntegra del diccionario que tengo en mi escritorio. ¿Debo recordarte que esta edición es una obra seria que, con sus más de quinientas mil entradas, se compuso para estudiosos como yo?

—Pamplinas —dijo Philippa—. Cuando veas que tengo razón, quiero que cuentes este disparate palabra por palabra, sin olvidarte de tu insultante hápax, en la cena de gala del Somerville.

—Y tú, amor mío, tendrás que leerte las *Obras completas de John Skelton*, además de tragarte tu orgullo como entrante.

—Que lo decida el señor Onions.

—Perfecto.

—Perfecto.

Sin más, sir William cogió su periódico, le dio un beso en la mejilla a su esposa y, exagerando un suspiro, dijo:

—En ocasiones como esta desearía haber perdido el Charles Oldham.

—Y lo perdiste, amor mío. Solo que en aquella época no se estilaba lo de admitir que una mujer había ganado nada.

—Me ganaste a mí.

—Sí, so engreído, pero porque se me hizo creer que eras uno de esos premios que se podían devolver al acabar el curso. Y resulta que tendré que conservarte, incluso durante la jubilación.

—Que el *Diccionario de Inglés de Oxford*, amor mío, zanje la cuestión que el jurado del Charles Oldham no fue capaz de determinar. —Dicho esto, se marchó a la universidad.

—Veras como esa palabra no existe —murmuró Philippa cuando su esposo cerró la puerta.

El índice de infartos de miocardio es mucho menor entre las mujeres que entre los hombres. Cuando aquella mañana *dame* Philippa sufrió uno en la cocina, cayó al suelo mientras llamaba a William con la voz entrecortada, pero él se hallaba ya demasiado lejos para oírla. Fue la limpiadora quien la encontró tirada en medio de la cocina, y quien de inmediato corrió en busca de alguna autoridad. Lo primero que pensó la tesorera era que Philippa estaría intentando hacerles creer que sir William le había propinado un sartenazo, pero, aun así, por si acaso, salió aprisa hacia la casa de los Hatchard, sita en Little Jericho. Allí, después de tomarle el pulso a *dame* Philippa, llamó al médico de la universidad y, acto seguido, al rector. Ambos llegaron en cuestión de minutos.

Tanto el rector como la tesorera aguardaron en todo momento junto a su ilustre colega, pero desde el principio sabían lo que el médico les iba a anunciar.

—Ha muerto —confirmó—. Tuvo que ser muy repentino y no debió de sufrir apenas. —Consultó su reloj; eran las nueve y cuarenta y siete minutos. La cubrió con una sábana y llamó a una ambulancia. Llevaba más de treinta años atendiendo a *dame* Philippa y le había dicho tantas veces que se tomara la vida con más calma que, para el caso que le hacía, más le habría valido dejárselo grabado en un disco gramofónico.

—¿Quién se lo va a decir a sir William? —preguntó el rector. Se miraron los unos a los otros.

—Yo me encargo —zanjó el médico.

Aunque Little Jericho no distaba mucho de Radcliffe Square, el trayecto se le hizo interminable al médico aquel día. Siempre se le hacía difícil comunicar un fallecimiento, pero en esta ocasión iba a costarle más que nunca.

Cuando llamó a la puerta del catedrático, sir William lo invitó a entrar. El gran hombre estaba sentado ante su escritorio, hojeando el *Diccionario de Oxford* mientras farfullaba para sí.

—Se lo dije, pero se negó a escucharme, la muy boba —musitó antes de girarse y ver al médico parado en silencio junto a la puerta—. Doctor, queda usted invitado a la gala del Somerville el próximo jueves, donde *dame* Philippa tendrá que tragarse su orgullo. Será juego, set, partido y campeonato para mí. La forma en que justificaré estos treinta años de becas.

El médico no sonrió ni se movió un ápice. Sir William se acercó a él y clavó los ojos en su viejo amigo. No hicieron falta palabras. El médico se limitó a decir:

—No soy capaz de expresarle cuánto lo siento. —Sin más, salió del despacho y dejó a sir William a solas con su dolor.

En menos de una hora todos los colegas de sir William conocían la noticia. Durante el almuerzo de aquel día el comedor universitario permaneció sumido en un silencio que solo rompió el tutor principal, quien le preguntó al director si sería apropiado subirle algo de comer al catedrático del Merton.

—No lo creo —dijo el director. Nadie insistió.

Catedráticos, colegas y alumnos cruzaron en silencio el patio frontal y cuando por la noche se juntaron para cenar seguían sin tener demasiadas ganas de conversación. Cuando se levantaron de la mesa, el tutor volvió a sugerir que convendría subirle algo a sir William. En esta ocasión el director asintió y el cocinero del colegio preparó un bocado ligero. El director y el tutor subieron las escaleras de piedra desgastada que llevaban al despacho de sir William y, mientras uno de ellos sostenía la bandeja, el otro llamó a la puerta con delicadeza. Puesto que no obtuvieron respuesta, el director, que conocía bien los hábitos de William, entreabrió la puerta y se asomó al interior.

El anciano yacía inmóvil en el suelo de madera, en medio de un charco de sangre, una pistola pequeña a su lado. El director y el tutor entraron y se quedaron mirándolo. En la mano derecha William sostenía un ejemplar de las *Obras completas de John Skelton*. El libro estaba abierto por la sección que contenía el texto de *La tonada de Elynour Rummyng* (*The Tunnyng of Elynour Rummyng*, por su título original), una obra de 1529 en cuyo septuagésimo quinto verso aparecía subrayada la expresión «whym wham».

[…]

After the Sarasyns gyse,	*Al estilo sarraceno,*
Woth a whym wham,	*Con una fruslería,*
Knyt with a trym tram,	*Cosida a otra nadería,*
Upon her brayne pan.	*Sobre la mollera.*

[…]

Con su característica letra elegante, sir William había escrito una nota al margen: «Discúlpenme, pero tenía que decírselo a mi esposa».

—¿Decirle el qué? —se preguntó el director con un hilo de voz mientras intentaba retirar el libro de la mano de sir William, pero los dedos se habían cerrado, fríos y rígidos, sobre él.

Según la leyenda, nunca estuvieron separados más de unas pocas horas.

FIN